講談社文庫

小名木川《おなきがわ》

九頭竜覚山 浮世綴(四)

荒崎一海

講談社

目次

『小名木川《おなきがわ》　九頭竜覚山　浮世綴（四）』――おもな登場人物

九頭竜覚山《くずりゅうかくざん》　総髪の浪人。団栗眼《どんぐりまなこ》と団子鼻《だんごばな》。兵学者。
よね　元深川《ふかがわ》一の売れっ子芸者米吉《よねきち》。覚山の押しかけ女房。
たき　通いの女中。
長兵衛《ちょうべえ》　永代寺門前仲町《えいたいじもんぜんなかちょう》の料理茶屋万松亭《ばんしょうてい》の主《あるじ》。覚山の世話役。
長吉《ちょうきち》　長兵衛の嫡男。
松吉《まつきち》　門前山本町《やまもとちょう》の船宿有川《ありかわ》の船頭。
柴田喜平次《しばたきへいじ》　北町奉行所定町廻り。
弥助《やすけ》　柴田喜平次の御用聞き。女房のきよが居酒屋〝笹竹《ささたけ》〟をいとなむ。
三吉《さんきち》　弥助の手先。
浅井駿介《あさいしゅんすけ》　南町奉行所定町廻り。
仙次《せんじ》　浅井駿介の御用聞き。
友助《ともすけ》　置屋三好《みよし》屋の売れっ子芸妓。
信兵衛《しんべえ》　船問屋恵比寿《えびす》屋の先代。隠居して海辺新田で貸家をいとなむ。
宗兵衛《そうべえ》　日本橋小網町の塩問屋住吉《すみよし》屋の主。
信左衛門《しんざえもん》　宗兵衛の実の弟。船問屋恵比寿屋の主。

九頭竜覚山《くずりゅうかくざん》　浮世綴《うきよつづり》　四

小名木川《おなきがわ》

第一章　謎の死

一

晩秋九月九日は重陽《ちょうよう》の節句である。

陰陽《いんよう》における陽の数字でもっともおおきな九が重なるので重陽の節句という。菊酒《きくざけ》を飲んで長寿を願うことから〝菊の宴《えん》〟〝菊花《きっか》の宴〟ともいう。

在府の諸侯は総登城して祝う。町家においても、手習いや遊芸の師匠をおとずれて賀儀《がぎ》を述べる。また、この日は栗飯を食する。

九月朔日《ついたち》は秋の更衣《ころもがえ》で単衣《ひとえ》を袷《あわせ》にする。九日から晩春三月晦日《みそか》までは、足袋《たび》をはき、綿入りの小袖《こそで》（絹）か布子《ぬのこ》（木綿）を着る。

七日の朝、稽古《けいこ》にきた料理茶屋万松亭《ばんしょうてい》の嫡男長吉《ちょうきち》が、九日の稽古休みをたしかめて、父の長兵衛《ちょうべえ》がご挨拶におうかがいしたいと申しておりますがお許しいただけますでしょうかと問うた。

九頭竜覚山《くずりゅうかくざん》は、朝は上屋敷へまいるゆえ昼ならよいが、夕刻までよねの弟子らが挨拶におとずれるであろうゆえ居間で会うことになる、それでもよければ、とこたえた。

笑顔になった長吉が、ありがとうございます、父につたえます、と言った。

九日の朝、湯屋《ゆうや》からもどった妻のよねがだしてきた呉服は、殿より妻帯の祝儀に頂《ちょう》戴《だい》した日本橋越後屋《えちご》（現・三越）の仕立券でととのえた小袖と羽織袴《はおりはかま》であった。

大小を腰にした覚山は、戸口の土間で見送りのよねから袱紗《ふくさ》包みをうけとって住まいをでた。

左手にさげている袱紗包みには菓子折が三箱ある。仕立下ろしの呉服も、菓子折も、よねの配慮だ。

独り身のころであれば、そこまで思いいたらなかったであろう。

覚山は、出雲《いずも》の国松江《まつえ》藩十八万六千石松平《まつだいら》家の食客のごとき立場だ。七代目城主出《で》羽守治郷《わのかみはるさと》の気まぐれで参勤の供をおおせつかって上府し、下命により町家暮らしをすることになった。しかも、料理茶屋の用心棒としてであった。

深川《ふかがわ》の永代寺門前仲町《えいたいじもんぜんなかちょう》は、唯我独尊《ゆいがどくそん》の禁じ魔水野《みずの》忠邦《ただくに》が天保《てんぽう》の改革（一八四一〜四三）で辰巳《たつみ》（深川）芸者を徹底して締めつけるまで江戸でもっともはなやかな花街《かがい》であった。

覚山は、学問のさまたげになるので女人《にょにん》を避けてきた。村の後家にいくたびか夜這《よばい》をかけられたさいも裏山に逃げることで難をのがれた。

それを承知の殿は、色香の巷《ちまた》にほうりこむというたわむれをなされた。むろん覚山は、修行だとこころえ、芸者へは眼もくれず、学問にうちこんだ。

ところが、昨年の大晦日夜、深川一の名妓《めいぎ》米吉《よねきち》がたずねてきた。ひと月半ほどまえにちかくに引っ越してきた。用心棒をしている万松亭で見かけることはあったが、名は知らなかった。ただ、顔をあわせる芸者のなかではとびきりの美形であった。

さすがに江戸はちがうと感心したが、それだけであった。

路地で顔をあわせるたびに名のるので、名を憶《おぼ》え、いただきものですけどと菓子などをもってくるさいにたゆたう香《かぐわ》しさにどぎまぎしたりしていた。

しかし、それだけであり、おのれには縁なき者であった。

その名妓が思いつめた顔で相談があるという。

覚山は、拙者《せっしゃ》ごときでよろしければと招じいれた。

対座するなり、顔をあげた米吉ことよねが、お慕いしております、と言った。覚山はうろたえた。

思えば、村の後家がいきなり帯をほどきはじめたときのように逃げるべきであった。

男に挑まれれば背をむけるわけにはゆかぬ。だが、女に挑まれたならば、逃げるのは恥ではない。

じっさい、脳裡《のうり》の片隅に、逃げたほうがよくはないかとの思いがうかんだ。しかし、腰をあげるには、敵は美しすぎた。

迫るよねにあれこれ言い逃れしながらあとずさっているうちに、壁ぎわまで追いつめられ、抱きつかれて首に腕をからめられ、唇をうばわれてしまった。

覚山は、不覚にもわれを失った。

きっかけはどうあれ、男女《なんにょ》の仲になってしまったからには男としてけじめをつけねばならぬと、長兵衛にお願いしてよねを妻にした。

それはよい。学問のために女断ちをした志《こころざし》は頓挫《とんざ》するが、人として恥じぬふるまいである。

しかし、おのれからではなく、女であるよねに言いよられて、しかも、あろうことか、じつになさけなくも、あっけなく果ててしまった。女体《にょたい》に触れたのがはじめてであったとしても、言いわけにすぎぬ。

唇をうばわれてわれを失ったことと、たちまち昇天してしまったことが、いまだによねへの負いめ、ひけめとなっている。

はじめのころにくらべれば、いくぶんか、こらえ、たえしのべるようにはなった。

学問の道、剣の道、色の道。きわめるには、たゆまぬ精進が肝要である。

しんそこそう思う。よりいっそうはげまねばならぬ。

松江松平家の上屋敷は、御堀（外堀）の赤坂《あかさか》御門をはいったよこにある。敷地は一万坪余で、御門をはさんで紀州《きしゅう》徳川家の二万四千坪余の上屋敷がある。

覚山は、江戸家老と用人に挨拶し、文庫の掛《かかり》にも日ごろの礼を述べて菓子折をさしだした。

菓子折は、昨日《さくじつ》、よねが長兵衛に願って若い衆《しゅ》を老舗《しにせ》の幕府御用達大久保《おおくぼ》主水《もんど》へ行かせてもとめたものだ。

江戸家老と用人はほうと感心し、いつもはむずかしい顔をすることがある文庫の掛はおおいに満足げであった。

上屋敷にいたのは半刻（一時間）余で、昼まえには門前仲町の住まいにもどった。

中食《ちゅうじき》をすませ、昼九ツ半（一時）になろうとするじぶんに、庭のくぐり戸があけられ、長兵衛が長吉に角樽《つのだる》をもたせてやってきた。

庭の障子はあけてあった。

覚山は、ふたりを招じいれた。

よねと女中のたきが茶をもってきた。

戸口の格子戸があけられ、若い女の声がした。

申しわけございませんと長兵衛に頭をさげたよねが、腰をあげて居間をでていった。

長吉の上達ぶりを褒《ほ》めると、おかげさまでこれもずいぶんとたくましくなりましたと長兵衛がすっかり父親の顔で眼をうるませた。

ふたりは小半刻（三十分）ばかりいた。

空は、高く、青く澄みわたり、晩秋のやわらかな陽射しがあたたかくふりそそいでいた。

覚山は、縁側ちかくに書見台をだした。

ときおり、客間からはなやかな笑い声が聞こえた。

昼八ツ（二時）の鐘が聞こえ、秋の陽が相模《さがみ》の空へ遠ざかり、やがて夕七ツ（四時）の捨て鐘とともに、のこっていた客らが辞去の挨拶をはじめたようであった。

覚山は、書見台をかたづけた。

戸口の格子戸が開閉し、よねが居間にもどってきた。

昼九ツ半（一時）ごろから、ずっと客のあいてをしていた。朝のうち、おとずれたのは弟子だけでなく置屋の女将《おかみ》もいたようであった。昼もそうであろう。

よねは、いくぶん疲れぎみの顔であった。

膝をおるなり、肩でおおきく息をした。

覚山はほほえんだ。

「くたびれたであろう。いまはたきがおるゆえ、暮六ツ（日の入、六時）の見まわりからもどったら、肩をもんでやろう」

よねが笑みをこぼした。

「先生、友助《ともすけ》の落籍《みうけ》話がまとまったそうです。先生にはお世話になったので友助とご挨拶におうかがいしたいと、三好屋《みよし》の女将さんがおっしゃっておられました」

「友助は、たしか、二十二であったな」

「あい。もっと売れっ子になれるかもしれない、けど、若い妓《こ》に追いこされてしだいにお座敷が減っていくかもしれない。迷う年ごろです」

「あいては」

よねが首をふった。

「ほかの置屋の妓たちもいたので訊《き》きませんでした。この月いっぱいとのことですから、まえからお話があったのだと思います」

「そうか。松吉《まつきち》はまだ知るまいな」

「噂《うわさ》もありませんでした。はっきりするまでふせていたのだと思います。ふいに見かけなくなって、あとになってわかることもあります。松吉は、有川《ありかわ》の船頭で毎日のように芸者をのせています。落籍《みうけ》話はよくあることですから」

「わしは色恋の道にうといが、頭でわかるのと、心でわかるのとはちがう。人は、失ってはじめて気づく。あるいは、失いそうになって本気になる。断っておくが、書物で知ったのだぞ。誓って申すが、わしが懸想《けそう》したはおよねがはじめてだからな」

頬《ほお》を染めたよねが眼をふせ、庭のくぐり戸があけられた。

「先生」

長吉だ。

顔をこわばらせた長吉が、沓脱石《くつぬぎいし》のまえで足をそろえて一礼した。

「父がいそぎお越し願いたいそうにございます。勤番侍《きんばんざむらい》らしき四名が、通りで酔っぱらってからんでおり、いまにも騒ぎになりそうにございます」

「あいわかった」

覚山は、着流しの腰に大小をさし、樫《かし》の八角棒を左手にもった。脇差《わきざし》は刃引《はびき》にした。八角棒は、径《けい》が一寸（約三センチメートル）、長さが一尺五寸（約四五センチメートル）。

酔っているのは不心得である。

濡れ縁から沓脱石の草履《ぞうり》をつっかける。

長吉が、くぐり戸をあけてわきによった。

路地の斜めまえに万松亭のくぐり戸がある。覚山は、くぐり戸から庭をとおり、足早に表の土間へ行った。

土間に長兵衛が立っていた。通りからだみ声が聞こえる。

よってきた長兵衛が、ちいさく低頭した。

声をひそめる。

「お聞きのとおりにございます。手前どもの縁台に腰かけ、とおりかかる者にちょっかいをだしております。七ツ半（五時）から座敷がございますが、芸者衆もはいりかねております」

「すぐになんとかいたす」

覚山は、長兵衛に顎《あご》をひき、表に足をむけた。

料理茶屋は、暖簾《のれん》の片側か両側に緋毛氈《ひもうせん》をかけた縁台がおいてある。万松亭は両側にある。

暖簾の右がさわがしい。通りで、虚仮《こけ》にしおって、江戸者は腑《ふ》抜《ぬ》けじゃ、と罵声《ばせい》をあげている。

覚山は、左手にさげている八角棒を袖《そで》にいれて隠し、右手で暖簾をわけた。

参勤で上府する大名家の家臣を、江戸の者は〝浅葱裏《あさぎうら》〟とあざけった。羽織裏地のおおくが浅葱木綿であることからの蔑称《べっしょう》である。田舎侍《いなかざむらい》とさげすんでいるのだが、背景には明和《めいわ》（一七六四〜七二）のころあたりから顕著になりだした江戸っ子意識がある。

入堀《いりぼり》通りは幅四間（約七・二メートル）。川ばたには柳と朱塗りの常夜灯が交互にある。そのあいだに、いつもなら船頭や辻駕籠《つじかご》と駕籠舁《かき》らがいるが、その姿がない。

覚山は、左にちらっと眼をやった。

駕籠舁や船頭らがかたまり、店者《たなもの》や芸者、三味線《しゃみせん》箱をかかえた置屋の若い衆《しゅ》などがいる。

いちようにほっとした表情になる。

覚山は、右に顔をむけた。

やはり遠巻きにしていた町家の者らが安堵《あんど》の表情になった。

縁台にふたりが腰かけ、ふたりが通りにいる。

通りのふたりは、左手で鞘《さや》の鯉口《こいぐち》をにぎり、右手を柄《つか》にそえ、いまにも抜刀せんとのそぶりをしめしている。

足もとがおぼつかない。かなり酔っている。であるがゆえに、ほんとうに抜くかもしれない危なっかしさがある。

覚山は眉《まゆ》をひそめた。

武士にあるまじき醜態である。士《し》たる者、つねに敵にそなえねばならない。腰に大小をさしているはなにゆえだ。飾りではあるまい。

通りのふたりを見ていた縁台のふたりが、まわりの眼差に気づいた。こちらに顔をむけて眼をほそめる。通りのふたりほどには酔っていないようだ。

覚山は、縁台へ躰《からだ》をむけて二歩すすみ、てまえに腰かけている者に言った。

「みなが迷惑しておる。往来でさわぐのをやめ、早々に立ち去ってもらいたい」

通りのふたりが、立ちどまり、躰をむけた。

縁台のてまえが口をひらく。

「その恰好《なり》……儒者か。ひっこんで書物でもかじってろ。いらざる口だしは怪我のもとぞ」

「そうはゆかぬ。酔っての醜態、恥を知るがよい」

「なにッ。小癪《こしやく》なッ。大口をたたけぬようにしてやる」

通りにいる酒で赭《あか》ら顔の小肥《こぶと》りが、憤怒《ふんぬ》の赤鬼になり、柄にかけていた右手を握り拳《こぶし》にして駆けよってきた。

右拳を右肩のうえにあげる。

覚山は、みきった。

よこにひらいた左脚に躰をのせて上体をそらす。小肥りの右拳が顔のまえをむなしくすぎていく。力をこめたぶんだけまえのめりになっている。

覚山は右足をだした。

小肥りがひっかかる。

「あっ」

小肥りが、両手両足をばたつかせ、両手をまえにだす。が、とびこんだ勢いとおのが重さを支えきれず、胸から落ち、顔をよこにむけて頬を地面にこすりつけた。

「おのれッ」

通りにのこった中肉中背が抜刀。縁台のふたりも腰をうかせる。

覚山は中肉中背にむかった。

中肉中背が、白刃を上段へもっていき、柄頭《つかがしら》を左手で握る。両腕のあいだで眼を剝《む》き、大上段に振りかぶる。

左手の握りをゆるめて袖に隠していた八角棒を滑らせる。右手で握って袖からだす。昇竜と化した八角棒が中肉中背の左手甲を打つ。円弧を描かせ、鍔《つば》したの右手に一撃。

白刃が落ちる。

八角棒を撥ねあげ、中肉中背の額へ。

――ポカッ。

頭をのけぞらせた中肉中背がよろめく。

一歩踏みこみ、中指をくの字にした左手拳で水月《みぞおち》に当て身をいれる。

水月への中指をとがらせての突きは、決まれば激痛で息ができなくなる。脳天を突きぬける痛みに気を失うこともある。

中肉中背が口をひらく。

両眼をとじ、両手を水月にあててうずくまる。

覚山は、左手で鯉口を切り、まさに刀を抜かんとしている縁台のふたりに鋭い眼光を放った。

「酔っての戯《たわむ》れではすまなくなるぞ。町奉行所の者が駆けつければ、主家の名にかかわる。それでもよいのか。そこもとらも、腹ひとつではすむまい。縄目の恥辱をうけたくなくば、ふたりを連れてすみやかに去るがよい」

怒気に顔を染めていたふたりが、肩を上下させて、抜きかけた刀をもどした。

ふたりに眼をやったまま、覚山は万松亭の暖簾のところまでさがった。

腹ばいになった小肥りは、立ちあがって手拭《てぬぐい》で頬をぬぐっていた。幾筋かの擦傷から血がにじんでいる。手拭を見た小肥りが憎悪の眼をむけた。

覚山は睨《にら》みかえした。

小肥りが、眼を伏せ、手拭を頬にあて、左手で胸の埃《ほこり》をはらった。

縁台にいたひとりが刀をひろい、ふたりで中肉中背に肩をかして背をむけた。小肥りも踵《きびす》を返した。

覚山は、堀留のほうへ去っていく四人のうしろ姿を見ていた。

ちかよってきて、首をかしげる会釈をして笑顔で礼を述べた芸者らが、いそぎ足で万松亭の暖簾をわけて土間へはいっていった。

二

翌十日未明。

覚山は、暁七ツ（四時）の鐘で眼をさましてしばらくまどろみ、床をはなれた。

躰がおぼえているので寝すごすことはない。よねがさきに身じろぎすることもある。

二階にある六畳二間のかたほうが寝所だ。

窓の雨戸をあけて、雨のけはいがなさそうなら稽古着にきがえる。

一階へおりて居間の雨戸をあけ、庭のくぐり戸の閂《かんぬき》をはずす。

暁七ツ半（五時）じぶんに長吉が朝稽古にくる。覚山は、長吉に家伝の水形流《すいぎょう》を教えていた。

長吉の稽古はながくても明六ツ（六時）までだ。

そのまえに、ちかくの裏店《うらだな》に住むかよいのたきがやってくる。

歯をみがいて顔を洗い、一日おきによねに髭《ひげ》を剃《そ》ってもらう。覚山は総髪なので月代《さかやき》の手入れはない。暑い季節は汗をかくので住まいで数日おきに髪を洗う。水が冷たくなれば五、六日から七、八日おきに湯屋でだ。髷《まげ》はよねがゆい、鋏《はさみ》でととのえる。

居間で朝餉《あさげ》をすませたあと、明六ツ半(七時)ごろにふたりで湯屋へ行く。もどるのは覚山のほうが早い。すこしして、よねももどってくる。

湯上がりのよねは色っぽい。しかし、朝っぱらから不謹慎であり、おくびにもださずにつつしんでいる。

女体にめざめるのが遅かったせいもあるが、おのれがどんどんあさましくなっていくようで、自重自戒《じちょうじかい》をこころがけている。

もどってきたよねと居間でくつろいでいると、庭のくぐり戸がけたたましくあけられた。

「おはようございやす。松吉でやす。今日もよいお天気で。おじゃまさせていただきやす」

声があかるい。

覚山はよねを見た。よねが笑みをうかべる。

松吉が沓脱石のところにきた。顔もあかるい。

「先生《せんせえ》、昨日《きのう》のこと、聞きやした」

「あがるがよい」

「ありがとうございやす」

懐《ふところ》から手拭をだした松吉が、沓脱石に右足をのせて足袋のほこりをはらい、左足もはらって濡れ縁にあがり、敷居をまたいで膝をおった。

「小肥りの狸《たぬき》は片頬から簾《すだれ》のように血を流し、赭ら顔のげじげじ眉は額にでっけえたんこぶがあったそうで。お客を迎《むけ》えにいってたんで、見そこなっちまい、おしいことをしやした」

「忙しいのはけっこうなことだ」

「へい」

襖《ふすま》があけられた。

「おたぁきちゃぁぁん」

「おまえ、どこから声をだしているのだ」

首をのばしてしまりのない顔になった松吉が、たきを見つめたままこたえた。

「どこからって、口からにきまってやす。声は口から、屁《へ》は尻《けつ》から。厠《かわや》で流すんは小《しょん》便《べん》。涙を流すんは先生《せんせえ》くれえなもんで」

肩をふるわせたたきが、どうにか茶をこぼすことなく盆から松吉のまえに茶托《ちゃたく》と茶碗をおいた。

「おたきちゃんに会うんは四日ぶりだ。忘れてたわけじゃねえぞ、忙しくてこれなかったんだからな。しばらく見ねえうちに、また綺麗《きれえ》になった。うん、年ごろだもんな。……おっと、およねさんはずうっと昔から年ごろでやす」

「昔からはよけいだろう」

「すいやせん。口がすべっちまいやした。そこんとこだけ聞かなかったことにしておくんなさい」

ぺこりと低頭する松吉に、笑みをうかべたよねがゆっくりと首をふった。

たきが、盆をもってでていき、襖をしめた。

縁側は障子だが、廊下との境は襖だ。

よねが言った。

「松吉、無口はやめたのかい」

「あれはどうもいけやせん。見越しの松。無口の松。男一匹伊達《だて》姿。いい響きでやすが、名無しの権兵衛《ごんべえ》、知らぬが半兵衛《はんべえ》、小言幸兵衛《こごとこうべえ》、むっつり助兵衛《すけべえ》、糞《ふん》づまり九六《くろ》兵衛《べえ》ってなもんで。黙ってると助兵衛なんじゃねえかって思われそうで。それに、なんか、しゃべらねえでいると、糞づまりをおこしそうで。冷汗流してふんばらねえとならねえし、苦労しやす、ろくなことありやせん」

「おまえの話は、どうしてすぐにそっちへいくんだろうね、まったく。そんなことばっかり言ってると、おたきに嫌われるよ」

「えっ。そいつはかなわねえ。なるったけ口にしねえようにしやす」

「昨日《きのう》、お弟子たちがもってきたお菓子がたくさんあるけど、食べるかい」

「馳走《ごち》になりやす」

よねが、襖をしめて厨《くりや》へ行き、盆に菓子皿をのせてもどってきた。

菓子を食べて茶を喫した松吉が、礼を述べて去っていった。

庭のくぐり戸がしめられてすこし待ち、覚山はよねに言った。

「友助のこと、松吉はまだ耳にしておらぬようだな」

「あい。どうなることやら」

よねが、茶碗と菓子皿をかたづけた。

昼まえに、北町奉行所の定町廻りで本所《ほんじょ》深川が持ち場の柴田《しばた》喜《き》平次《へいじ》の御用聞き弥助《やすけ》手先の三吉《さんきち》がきた。

覚山は戸口へ行った。

三吉は二十歳《はたち》くらいだ。身の丈五尺三寸（約一五九センチメートル）余。いかにもすばしっこそうな細身だ。股引《ももひき》に尻紮《しりから》げ。いつも使いでやってくる。

辞儀をして上体をもどした。

「先生《せんせえ》、柴田の旦那が夕七ツ（四時）すぎに笹竹《ささたけ》へおいで願《ねげ》えてえそうで」

「承知しましたとおつたえしてくれぬか」

「へい。ありがとうございやす。失礼《しつれえ》しやす」

低頭した三吉が、うしろ手に格子戸をあけて表にでてしめ、ふたたび低頭して去っていった。

夕七ツの鐘のあと、覚山はよねにてつだってもらってきがえた。

大小と八角棒とを腰にさし、小田原提灯《おだわらぢょうちん》を懐にいれて戸口でよねの見送りをうけた。

路地から裏通りを行き、湯屋のかどをまがった横道から大通りにでた。

すぐ右に、大通りをまたぐ富岡八幡宮《とみがおかはちまんぐう》の一ノ鳥居がある。

一ノ鳥居から笹竹がある正源寺《しょうげんじ》参道まではおおよそ四町半（約四九一メートル）。

一ノ鳥居から二町半（約二七三メートル）ほどに八幡《はちまん》橋が、そこから一町（約一〇九メートル）たらずに福島橋《ふくしま》がある。

福島橋から参道までは一町ほどだ。

覚山は、参道にはいり、笹竹の暖簾をわけて腰高障子をあけた。

右にある階《きざはし》したの小上がりにかけていた女将のきよが腰をあげて笑みをうかべた。

きよは、弥助の女房で元深川芸者、二女一男の子がある。年齢《とし》は二十七でよねより三歳したたが、よねのほうが若く見える。きよはいくぶんふっくらとしているが、よねは小顔でやや細い。子を産んだか否かのちがいかもしれないが、口が裂けてもよねには言えぬ。

万松亭の長兵衛によれば、よねこと米吉がめだって美しくなりだしたのは二十五歳をすぎたころからだという。そのような遅咲きの女がたまにいるが、歳をかさねるほどに若やいで見えていくのは米吉がはじめてだとも語っていた。

越してきて挨拶をするようになった米吉についてたずねたおりに、長兵衛が話していたことだ。

奥の右に厨が、左に六畳間がある。

六畳間は障子があけてあり、窓を背にしてこちらに躰をむけている柴田喜平次と、上り口ちかくで厨との壁を背にしている弥助がいた。

　ふたりのまえには食膳がある。

　覚山は、腰から刀と八角棒とをはずして、六畳間にあがった。弥助の斜めまえで壁を背にし、左よこに刀と八角棒をおく。

　きよがきて、食膳をおき、銚子《ちょうし》をとった。覚山は、杯を手にしてうけ、礼を述べてはんぶんほど飲み、杯をもどした。

　土間におりたきよが障子をしめた。

　喜平次が、障子から顔をむけて笑みをうかべた。

「昨日《きのう》、みっともなく酔っぱらった田舎侍《ざむれえ》四名《めえ》を追っぱらったそうだな。おもしれえことがある」

　覚山は、やや首をかしげた。

　喜平次がつづけた。

「その刻限なら、おいらはここにむかってるかついている。月番の駿介《しゅんすけ》も永代《えいたい》橋ちかくにいる」

　喜平次は三十六歳。三十三歳の浅井《あさい》駿介は本所深川を持ち場にする南町奉行所の定町廻りだ。

「……昨夜《ゆうべ》、駿介と八丁堀《はっちょうぼり》の居酒屋で一杯《いっぺえ》やった。自身番からの報せはなかったそうだ。ふたりとも、見まわってる手先から聞いた。自身番も慣れてきて、てえげえのことならおめえさんでだいじょうぶだって思ってるってことよ。今日《きょう》、おめえさんと会うつもりだって話したら、駿介に礼《れえ》をたのまれた」

「わざわざ恐縮にござりまする」

「なあに」

喜平次が笑顔から真顔になった。

「じつはな、先月の二十六日、めんどうがおきた。聞いてくんな」

小名木《おなき》川の南岸には、海辺大工町《うみべだいくまち》が数箇所にある。海辺との地名は、もともと海ぞいの湿地帯だった深川を埋めたてて開拓した名残《なごり》である。

町家にくみこまれていない空き地扱いの地所もいくつかあり、〝海辺新田《しんでん》〟という。しかし、まったくの空き地ではなく、家屋や畑があったり資材置き場であったりする。

町地《ちょうち》は三段階に評価され間口におうじて公役銀《くやくぎん》（租税）が課せられる。新田に課せられるのは年貢《ねんぐ》だ。

小名木川から横《よこ》川を南におれた三町（約三二七メートル）ほどの町家うらにも海辺

大工町がある。

その西が元加賀町《もとかがちょう》。海辺大工町と元加賀町のうらは三好町《みよしちょう》の材木置き場である。つまり、木場《きば》にちかい。

元加賀町の西北に、海辺新田が二箇所ある。

道をはさんだ斜めまえは間口半町（約五四・五メートル）余に奥行一町（約一〇九メートル）余とひろいが、武家屋敷をはさんだもう片方はそのはんぶんもない。間口は十五間（約二七メートル）ほどで、奥行が半町ほど。奥の左右も半町余で、西に法禅寺《ほうぜんじ》がある。

ひろさはおおよそ六百五十坪。うらも武家屋敷で、道むかいには三千坪の大名屋敷がある。

道にめんして、東に手習所《てならいどころ》がある。四十なかばの浪人が男の子に、三十歳くらいの妻女が女の子に読み書きを教え、娘と倅《せがれ》がある。五十坪から六十坪ほどの腰高の竹垣にかこまれ、住まいをかねた手習所は平屋だ。

路地をはさんで法禅寺よりに、そこの地所持ちが住んでいる。地所持ちの家も平屋だ。

こちらも腰高の竹垣で、ひろさは百七十から二百坪。敷地の東北かどに屋根つきの釣瓶《つるべ》井戸がある。

奥は、庭つきの貸し平屋が左右逆のコの字に四軒ある。

浪人宅の奥は一坪から二坪くらいに区切られた畑で、元加賀町や海辺大工町に住む裏店の者らが野菜作りをしている。

釣瓶井戸は地所持ちのものだが、のこり五軒と畑にくる者らもつかう。

「……地所持ちの名は、信兵衛《しんべえ》、六十二歳。畑を借りてる裏店の者《もん》らには、〝信兵衛さま〟〝ご隠居さま〟って呼ばれてた」

覚山は、眉根をよせた。

「呼ばれていた」

喜平次がうなずく。

「もうちょい待ってくんな。信兵衛は、畑を安く貸してた。話を訊いたてえげえの者《もん》は、なんであんないい旦那さまがって涙をこぼしていた。三方が寺と武家屋敷にかこまれてるだけでなく、めえには大名屋敷がある。さらに、法禅寺うらの堀留からは、わずか一町（約一〇九メートル）ほどしか離れてねえ。しかも、道は寺と大名屋敷にはさまれてる。女を囲うにはもってこいのとこよ。ということで、うらは四軒とも女が借りてる。信兵衛は、すぐうらの家で、しまという名の二十三の女と死んでいた」

わかったのは翌二十七日の昼まえだ。

信兵衛は独り暮らしで、女中も下働きもおいてない。毎日、朝、昼、夕と元加賀町の裏店の女房がかよっていた。名はこう、四十四歳。亭主は四十五で、木挽《こびき》。木場にかよっている。

木挽は丸太などを大鋸《おが》で挽き、角材や板にする職人だ。こうも畑を一坪借りて野菜をつくっている。

男手が要るさいは、こうが畑を借りている者に声をかけていた。

こうの住む裏店から信兵衛の住まいまでは一町（約一〇九メートル）ほどしか離れていない。

明六ツ（日の出、六時）のまえに、亭主と朝餉をすませたこうは信兵衛の住まいへ行く。

この朝は、塩鱈《しおだら》と冬瓜《とうがん》の煮物、ほうれん草のお浸し、それに味噌汁用の豆腐を手提《てさげ》籠《かご》にいれていた。

月々の手間賃にはその価《あたい》もふくまれている。こうとしては、おのれらのぶんもふくめて買うので大助かりであった。

いつものように雨戸はあけられていた。

こうは、うらへまわり、水口《みずぐち》の腰高障子をあけた。

米は朝に夕餉のぶんまで炊《た》く。米を研《と》いで火にかけ、小盥《こだらい》の水につけてある昨夕の器などを洗う。

厨には、土間と、囲炉裏《いろり》を切った板間がある。

夕餉のぶんまでの味噌汁をつくるための水を鍋《なべ》にいれて竈《かまど》において火をおこした。

それでも、信兵衛は顔をみせなかった。

住まいには、厨のほかに納戸《なんど》、小部屋、寝所、居間、客間、湯殿、厠がある。信兵衛は気さくな人柄で、朝も昼も夕も囲炉裏ばたで食べる。朝と昼は、こうも話し相手をする。

首をかしげたこうは、板間にあがり、板戸をあけて廊下にでた。

居間にも客間にも信兵衛の姿はなかった。寝所も、床はなかった。

信兵衛は、みずから床をのべ、押入にしまう。躰を動かすのが長生きの秘訣《ひけつ》だとつねづね言っている。だから、手桶《ておけ》に水をくんできて水瓶《みずがめ》を満たしたりもする。

念のために湯殿と厠も声をかけてのぞいた。

でかけるとしても、店《たな》はどこもまだあいていない。

急な用ができたんだろう。

味噌汁の鍋は竈にかけたままにして、ご飯を飯櫃《めしびつ》にいれて羽釜《はがま》を洗い、伏せた器や箸《はし》などをのせた食膳を囲炉裏の横座（上座）においた。

煮物とお浸しはもってきた器からうつして茶簞笥《ちゃだんす》にしまう。竈の火がちゃんと消えているのをたしかめ、腰高障子をしめて帰った。

昼まえに行くと、器を伏せたままの食膳がおなじところにあった。

よっぽどあわてていたんだろうか。それでも、ちょっとよって声をかければいいのに。

こうは、ため息をついて、板間に腰をおろした。

信兵衛は口やかましくないのでつとめやすかった。

料理に文句を言われたこともなく、いつもおいしそうに食べてくれる。掃除は一の日と六の日に、洗濯は晴れた日にやるのだが、こうは、きめられた日だけでなく、こまめに掃除をしている。

格子戸がある戸口は南むきで、厨は東むき。北西のかどに湯殿と厠がある。

竈うえの無双窓からの陽射しがだいぶみじかくなった。小半刻（三十分）もすれば昼九ツ（正午）の鐘が鳴る。

——そうだ。

こうは、腰をあげながら声をだした。

――うらのおしまになにか言ってるかもしれない。ぼんやりしてるからすぐに忘れてしまう。ほんとうに申しわけなさそうにあやまるんで、こっちは怒る気になれない。きっとそうにちがいない。

こうは、腰高障子をあけた。

家は敷地のまんなかに建っている。

東北のかどにある屋根つきの釣瓶井戸で顔をあわせるので、手習所の浪人の妻女とも、うらに住む四人の女とも顔見知りだ。

奥にある二軒への路地をはさんだむかいのきちは、年齢《とし》の話になるとごまかす。もうすこしで三十路《みそじ》だと言って若づくりしているが、そんなことはない。どう見たってとうにこえている。

三味線と踊りの師匠で、ちゃんと弟子もいる。それよりも、朝に帰っていく男をよく見る。それが、ひとりやふたりではない。

言いふらしたりはしない。だけど、朝早くに野菜をとりにくる者がいるので、町内では噂になっている。

それでも、そんなふしだらな女師匠のもとへ娘をかよわせるのは、ほかに芸事を教える者がちかくにいないからだ。

西側の奥にある二軒の北に住むつなは、二十五から七くらいで、旦那が何人かいる。甲斐性《かいしょう》なしの男たちがひとりの女を囲う。どっちもどっちだと思う。きちもそうではないかというのがもっぱらの噂だ。

つなは、細面《ほそおもて》で躰もほっそりとしていて、色が白い。夏のあいだは、浴衣《ゆかた》姿で井戸に水汲みにくる。はだけぎみの襟《えり》からのぞく胸乳《むなぢ》は、肌理《きめ》がこまかく、つきたての餅《もち》のようであった。汗ばんで浴衣地がはりつき、乳首が豆粒のように浮いているようすは、なまめかしくさえあった。

こうも、若いころはかたちよくもりあがった胸乳がひそかに自慢だった。だから、わかる。あれなら男は虜《とりこ》になる。

元芸者だから綺麗なころもあっただろうが、いまは、狐眼で、つんとしている。愛想づかしをされてながつづきしないから、ひとりの旦那だけでなく何人もあいてにしないといけないのだ。

南に住んでいるのは、十九歳のはつ。去年の仲秋八月に越してきた。そのまえは二十七歳の中年増がいたが、旦那に縁切りされてでていった。

四人とも、元柳橋《やなぎばし》芸者だ。

釣瓶井戸のまわりは石畳で、竹垣ぞいに道まで溝がある。

しまのところをふくめた四軒も、腰高の竹垣だ。

こうは、竹の枝折戸《しおりど》をあけた。

戸口の格子戸をあけ、声をかける。

——おしまさぁん、信兵衛さまのところのこうです。

返事がない。

こうは、首をかしげて格子戸をしめ、南の庭をまわってうらの厨へむかった。

水口は雨戸がとじられていた。手をかけたが、心張《しんば》り棒があてられていて、あかなかった。

——おかしなことがあるもんだ。

こうは、声にだしてつぶやいた。

戸口の雨戸はしめたままでも、水口の雨戸をあけてないと朝のしたくができない。

留守ならしかたがない。

こうは、もどることにした。

家は、南にめんして、戸口のほうに客間があり、襖でへだてた居間がある。客間も居間も、雨戸はあけられ、障子がしめてあった。

居間の沓脱石のところで、こうはふと足をとめた。

なにかへんだ。

雨戸をあけたところで気が遠くなってたおれたのかもしれない。それなら水口の雨戸がしまったままなのもわかる。

もしそうなら助けてあげなければ。

こうは沓脱石にあがった。

――おしまさん、こうです。あけますよ。

濡れ縁に左手をつき、右手をのばして障子をあけた。

見えてきたものがなんなのか、こうはわからなかった。

女と男がよこたわっている。女はしまで、男は信兵衛だった。そう、しまと信兵衛が、畳に横顔をつけ、眼をあけたままこちらに顔をむけている。

そして、首のまわりには赤黒いものがひろがっている。

「……そのあとのことを、こうは憶えてねえ。悲鳴を聞いて、手習師匠の杉田《すぎた》権三郎《ごんざぶろう》が駆けつけた」

杉田権三郎が、年嵩《としかさ》の男児を自身番屋へ走らせた。

昼九ツ（正午）の鐘のあと、喜平次がいつものところで昼を食べていると、自身番屋の書役《かきやく》が駆けつけてきた。

喜平次は、手先のひとりを北御番所へ報せに行かせた。年番方が、臨時廻りの昼の見まわりと吟味方の検使（検屍）を手配する。

「……そろそろ暮六ツ（六時）だな」

諸白《もろはく》（清酒）をついで喉《のど》をうるおした喜平次が、杯をおいて顔をあげた。

「得物《えもの》は剃刀《かみそり》。信兵衛がしまの首の血脈を切り、てめえの首も切った。家捜しさせたが、剃刀がねえから、たぶんしまのもんだ。承知のうえでの相対死《あいたいじに》ではなく、信兵衛がしまを殺し、自害したのかもしれねえ。あるいは、しまの男《いろ》か、旦那のしわざというのもありうる」

喜平次は、検使の吟味方同心二名を待ち、剃刀がしまのものであろうことと、相対死と殺しの両方が考えられるむねを述べた。

しまの実家《さと》は、日本橋から六里（約二四キロメートル）余にある中山道針ヶ谷宿《なかせんどうはりがやじゆく》の百姓であった。報せをうけてやってきた兄が、茶毘《だび》にふし、遺骨をもって帰った。

「……信兵衛のほうは、亡骸《ほとけ》のひきとりでもめ、通夜《つや》さえままならねえありさまだった。しかたねえんで、茶毘にふして遺骨を回向院《えこういん》にあずけてある」

暮六ツの捨て鐘が鳴りだした。

「……思ってたより手こずりそうなんだ。二、三日うちにわかったことなんかをくわしく話す。今日んとこはもういいぜ」

「ご無礼つかまつりまする」

覚山は、刀と八角棒を手にした。

草履をつっかけてふり返り、喜平次に一揖《いちゆう》して踵を返す。

笹竹から表にでると、参道はすっかり暮色のなかにあった。

三

翌十一日も快晴だった。

晩秋の空は青く澄みわたり、はるか筑波山《つくばさん》のあたりにあわい筋雲がのどかにたなびくだけであった。

覚山は、湯屋からもどってきたよねにてつだってもらってきがえ、大小を腰に住まいをでた。

柴田喜平次が元加賀町のななめさきにある海辺新田の場所をくわしく語ったのは見にいくであろうことをみこしてだ。

じっさい、これまでもおのが眼でたしかめるようこころがけてきた。聞いて頭に思いえがくのと、その場に立ってみるのとではちがう。北町奉行所の柴田喜平次だけでなく南町奉行所の浅井駿介ともかかわりができるにつれて、その思いをふかくするようになった。

松江城下では書物に没頭して生きていた。門前仲町で暮らして一年有余、女を知り、人のいとなみにかかわるようになった。書物をひもとくのとはことなる生きた学問である。知るほどに不可解さを増す女という生き物をふくめ、日々学ぶことが多い。

覚山は、入堀通りから油堀《あぶら》にでて富岡橋《とみおか》をわたった。

寺町《てらまち》通りは、樹木が秋色に染まっていた。

海辺橋をこえ、二十間川ぞいを東へむかう。

つぎの亀久橋《かめひさ》も背にして東平野町《ひがしひらのちょう》のかどをおれて北へ足をむける。

たいがいの道筋はよねに教えてもらった。

枝川は北へ三町（約三二七メートル）ほどで二股になり、東の法禅寺うらと、西の霊巌寺《れいがんじ》うらで堀留になっている。

てまえの三町ほどに、橋が二本架かっている。

かどで東平野町と吉永町《よしながちょう》とをむすぶ橋は吉岡橋《よしおか》だが、つぎの山本町《やまもとちょう》と三好町とをむすぶ橋には名がない。

二十間川の川幅は二十間（約三六メートル）で、枝川は半分の十間（約一八メートル）。吉岡橋は、長さが八間（約一四・四メートル）、幅が一間（約一・八メートル）。名無し橋も長さと幅がおなじくらいだ。

覚山は、名無し橋で入堀をわたった。

三好町のつぎの西永町《にしながちょう》はずれで入堀は二股にわかれている。東からすぐに北へおれたさきが法禅寺うらの堀留である。

桟橋がある。が、屋根船も猪牙舟も舫《もや》われていない。

堀留は幅二十間（約三六メートル）弱に奥行二十間強で、出入口をせばめた船入《ふないり》のような造りだ。

はいってくるのは寺への荷船がおもであろう。枝川の道筋に主が猪牙舟や屋根船をつかいそうな大店《おおだな》はなかった。

西永町からは、道の東が大名屋敷の海鼠塀《なまこべい》で、西が法禅寺の築地塀《ついじ》だ。

振売り《ふりう》などもひとまわりしたあとの朝の静かな刻限で、大名屋敷と寺にはさまれた道はまるで人影がなかった。

喜平次が話していたとおりだ。

ひそかにかようにはもってこいの場所である。

堀留から一町（約一〇九メートル）ほどで道は東へおれている。

腰高の竹垣に竹の枝折戸がある地所持ち信兵衛の住まいは雨戸がしめられていた。

となりの手習所とのあいだの路地へはいる。誰何《すいか》されれば、井戸の水をもらいにとこたえるつもりであったが、あたりは静かであった。

手習所からも、子らの声が聞こえない。きびしく躾《しつ》けられているのであろう。

釣瓶井戸で水を汲んで手を洗い、口をすすぐ。

いしまの住まいも雨戸がしめられていた。

居間で、男女《なんによ》が首の血脈から血を流して死んだ。

ひきつづき家を貸すつもりなら、畳、障子、襖などをかえ、僧侶に厄払《やくばら》いをしてもらい、しばらくは雨戸をあけて風をとおす。いちどにふたりも尋常でない死にかたをしたにもかかわらず家をしめきっていては、気味悪がって借り手がつかなくなる。

それがわかっていて、戸締りをしておかざるをえない。信兵衛の地所と持ち家、貸家をどうするかで、よほどにこじれているのが推察できる。

のこり三軒もひっそりとしている。雨戸はしめていない。引っ越したのなら、信兵衛やしまのところとおなじく雨戸はしめられている。

長居しては怪しまれかねない。

覚山は、手拭を袂《たもと》におとした。

手習所で、男の子らの笑い声がはじけた。

よき師匠のようだ。

なごんだ眼をするどくし、覚山はいまいちどあたりを見まわした。

武家屋敷と大名屋敷と寺にかこまれて、住まいが六軒と畑。

たしかに静かなところだ。

道にもどり、元加賀町と海辺大工町の通りを行き、横川にでて、門前仲町へ帰った。

中食のおり、覚山はよねに見てきたようすを語り、さしてにぎやかでもないところで三味線や踊りを教え、しかも習いにくる者がいるのはなにゆえであろうかと問うた。

こういうことだと思いますと、小首をかしげぎみに聞いていたよねがこたえた。

横町《よこちょう》（横道）や裏通りの小店《こだな》から裏店まで、娘の縹緻《きりょう》がよければ、親はむりをしてでも芸事を習わせる。お城、大名屋敷、武家屋敷への行儀見習奉公は、芸事ができたほうがかないやすいからだ。むろんのこと、表店などでは伝手《つて》をたよることもある。そこまでするのは、行儀見習奉公をしておれば良縁にめぐまれやすいからだ。さらには、玉《たま》の輿《こし》もありうる。

それに芸事ができれば、親が困ったさいに、吉原《よしわら》に身を沈めるのではなく、芸者になれるかもしれない。

「……置屋さんにはいるまえに三味や踊りを習っていた妓《こ》は多くはいません。あたしもそうでしたが、たいがいは置屋さんにはいってから習い事をはじめます」

「親は夢をみるわけか」

「なかには、あこがれて芸者になった妓もいます。でも、まれです。くわしくは知りませんが、芸事を教えるところはけっこうあちこちにあると聞いています」

「そうか」

覚山は、箸をとった。

深川一の美貌を謳《うた》われていたよねは、門前仲町で教えていて弟子も多い。三味線や踊りにそれだけの評判があるからであろう。見習のころから習い事に熱心にとりくんでいたのがうかがえる。

才があっても研鑽《けんさん》せねばかがやかない。幼きころは、父のあまりのきびしさに涙したことがいくたびもあった。おのれにどれほどの才があるかわからない。だが、今日《こんにち》のおのれがあるのは、父のおかげである。

おそらくは、芸者であったという看板にすがる者らが町家の片隅で教えている。容貌はおとろえる。みがかねば、才もすたる。花街ではむりでも、まわりに教える者がいないところをえらべば弟子がとれる。

覚山は、よねの知らなかった一面を見た思いだった。

昼の弟子がきてよねが客間へ行った。覚山は、書見台をだしてきて沈思した。信兵衛の地所にたたずんでいて、ほかにも気になることがあった。

翌十二日は雨もようであった。

濃淡のある灰色の空から、小雨や霧雨が流れては消えた。

十三日も、曇天から雨が糸を描いた。すこし北風も吹いて、しのびよりつつある冬のけはいをつげた。

晩秋九月十三夜は後《のち》の月である。

名月は空をおおう雲に隠れておがめなかった。それでも、仲秋八月十五夜とおなじく縁側ちかくに文机《ふづくえ》をだして、団子と芋《いも》と柿を供えた。

十四日も曇り空で、風が音をたてた。

雨でなければ長吉の朝稽古をする。

湯屋からもどるころには、風が江戸の雲を上総《かずさ》のほうへおしやっていた。

昼まえに三吉がきた。柴田喜平次が夕刻にたずねたいとのことであった。覚山は承知し、よねにつたえた。

夕七ツ（四時）の鐘が鳴ってすこしして、戸口の格子戸があけられ、弥助がおとないをいれた。

むかえにでた覚山は、ふたりを客間に招じいれた。

すぐに、よねとたきが食膳をはこんできた。たきが弥助の食膳をとりにもどる。

よねが、弥助にも酌をして、廊下で襖をしめた。

喜平次が言った。

「こねえだのつづきを話そうと思ってな。見に行ったんだろう」

「翌朝、まいりました」

「なんか気づいたことあるかい」

「井戸で手を洗ったりしながらまわりを見ました。手習所はおおきな家ではございませんでした。男児も女児も教えているにしてもそれほど多くはあるまいとぞんじます。そのわりには、敷地がいささかひろいように思えました」

喜平次がうなずく。

「話さなけりゃあなんねえことがたくさんあるんでかんたんにすますが、店賃が安いのは独り暮らしなんでとなりに侍が住んでたら心強《づえ》えからだそうだ。畑を安く貸してるんはたしか話したように思うが……」

「うかがいました」

「うらの四軒もほかより安く貸してる。道楽でやっているようにも思える。そうかもしれねえ。信兵衛は両替屋に二千三百両あまりを預けてある。それの利子だけでも食っていける。とてつもねえ財産だ」

喜平次が、鼻孔から息をもらした。

「……そうでなくたって、金子《かね》は人を狂わす。信兵衛ってのは婿入りなんだ。それが話をややこしくしている」

大川と霊岸島《れいがんじま》新堀と箱崎《はこざき》川とにかこまれ、川上から裾広がりの三角になった永久《えいきゅう》島《じま》がある。通称で箱崎ともいう。

箱崎川ぞいに箱崎町一丁目と二丁目がある。霊岸島新堀にめんしては北新堀町《きたしんぼりちょう》がある。

上流の突端に、御三卿田安家《ごさんきょうたやす》の一万三千坪余の下屋敷があり、ほかに大名家の中屋敷や下屋敷が三家と、御船手《おふなて》の組屋敷がある。

霊岸島新堀と大川とのかどに永代橋が架かり、たもと下流には御船手番所が、上流には高尾稲荷《たかおいなり》がある。

日本橋川の下流が霊岸島新堀で、永久島と霊岸島とは、上流の湊橋《みなと》と、御船手番所うらの豊海橋《とよみ》とでむすばれている。

箱崎川には崩橋《くずれ》と永久橋がある。

崩橋西岸たもとから入堀まで半町（約五四・五メートル）ほどの小網町《こあみちよう》三丁目の通りを行徳河岸《ぎようとく》という。

江戸初期はもっぱら行徳の塩をはこんだが、しだいに人やほかの物もはこぶようになった。

行徳とをむすぶ川船の弁財船《べざいせん》は行徳船、あるいは長渡船《ながわたり》と呼ばれた。この時代で、五十隻ほどをかぞえている。

箱崎町一丁目には行徳船のための船入がある。船入には行徳船だけでなく、船宿の桟橋もあった。

船入と通りをはさんだ北新堀町に、行徳船の船問屋ではもっともおおきな恵比寿屋《えびす》がある。

信兵衛は、その恵比寿屋の主であった。

「……先代も婿入りで、名を信右衛門《しんえもん》という。その信右衛門にみこまれ、信兵衛は婿入りした。くわしく話しだすときりがねえんで、とりあえずかんたんにすます」

信兵衛には一男一女の子があった。しかし、ふたりとも幼くして亡くなった。内儀は、三人めを懐妊したが難産で母子ともに助からなかった。

信右衛門は信兵衛に後添えをと考えた。だが、恵比寿屋の血が絶えると親類が承服しなかった。信右衛門も婿入りであり、つよくは言えなかった。

恵比寿屋には四姉妹があり、長女が信右衛門を婿にむかえた。

次女から四女まで、いずれも商家に嫁いだ。次女の嫁ぎさきが崩橋から一町（約一〇九メートル）ほど日本橋川をさかのぼった小網町三丁目にある塩問屋の住吉屋《すみよし》だ。

住吉屋の次男と四女の長女との縁組が相談された。三女には男児がひとりしかいない。

年ごろになるのを待って従兄妹《いとこ》どうしが夫婦《めおと》になって恵比寿屋を継ぐ。四姉妹がまとまった。

住吉屋の次男が信左衛門《しんざえもん》と名をかえた恵比寿屋の当代で、年齢《とし》は三十三歳。内儀は二十七歳。男児がふたりある。

「……つまり、自害《じがい》か、殺されたんかいまだはっきりしねえんだが、死んだ信兵衛といまの恵比寿屋とは血のつながりがねえ。つぎは岳父《がくふ》の信右衛門だ」

信右衛門は本町《ほんちょう》三丁目の両替商大江屋《おおえ》の長男として生まれた。しかし、躰がちいさく病がちであった。つぎの年に生まれた次男はまるまるとしていて丈夫であった。

十五歳で元服したおり、信右衛門は弟を跡継にするよう父親に願った。父親は、おまえがそのつもりならと聞きいれた。

それまで仲のよいほうではなかった弟が、なにかと気をつかうようになった。信右衛門は、病がちで細身のおのれよりおまえのほうが大江屋の主にふさわしいからと弟に言った。

跡継というのが重荷だったのかもしれない。あいかわらず痩せて小柄ではあったが、それまでのようにしばしば病で臥《ふ》せることはなくなっていった。

だからといってでしゃばることはなく、みずから言いだしたことでもあり、なにごとも跡継としての弟をたてた。

であるがゆえに、かえって父親も弟も信右衛門をだいじにした。

ある年の冬、恵比寿屋は火事で店《たな》ばかりでなく箱崎町の船入に泊《と》めてあった行徳船ものこらず失った。さらに翌年、春の嵐で船を失い、秋の暴風雨でも損害をこうむった。

江戸の商人《あきんど》は火事にそなえての貯えがある。火事からのたてなおしは貯えで船は、箱崎町の船入だけでなく、行徳にもあった。しかし、ふいに襲ってきた春の嵐では、船入の船だけでなく、荷をなんとかなった。しかし、ふいに襲ってきた春の嵐では、船入の船だけでなく、荷をつんで小名木川をゆきかっていた船や行徳の船入にあった船まで損害をこうむった。貯えは底をつき、両替屋の大江屋から地所と店を抵当に借銀《しゃくぎん》(借金)した。それで船を修繕して新造の船もくわえ、さあこれからという秋に暴風雨にみまわれた。

もはや抵当にするものがない。預け入れも借り入れも大江屋が一手にひきうけていた。ほかの両替屋は、あいてにしないか、足もとをみて暴利をふっかける。

思案した恵比寿屋は、大江屋に面談をもとめ、大江屋の長男を手前ども長女の婿にむかえさせていただけないかと申しいれた。

数日考えさせてほしいというのが大江屋の返事であった。

三日後の朝、使いがあった。

恵比寿屋は大江屋をおとずれた。

大江屋は、婿入りのことは口にせず、いかほどご入用にございましょうか、と訊いた。

「……信右衛門ってのは、跡継を弟にゆずったくれえだからおのれをわきまえてる。婿入りしてからもおのれを律していたようだ。それからの恵比寿屋は商いのほうはうまくいった。だが、子は娘がひとりだけで、内儀との仲もよくなかった。思うに、大江屋は恵比寿屋をあんまし信じてなかったんじゃねえかって気がする」

元加賀町の海辺新田は抵当で大江屋のものとなった地所であった。信右衛門が婿入りするさいは、父親の大江屋は地所のことは頭になかったように思う。ただ、両国橋《りょうごく》東広小路《ひがしひろこうじ》の南本所元町《みなみほんじょもとまち》にある両替商石倉屋《いしくら》に二千両預けてあると話した。

――おまえは気がやさしい。二千両は万万が一のためだ。おまえの胸にしまっておきなさい。

「……ん。どうしてえ」

「南本所元町の石倉屋はよねがぞんじよりの両替屋で、拙者もこの六月より松江松平家より拝領いたしております金子《きんす》を預けはじめたばかりにござりましたゆえ。それにしましても、二十日《はつか》たらずでよくそこまでお調べに。感服つかまつりまする」

「ところが、さぐるほどにわからなくなっていく。妙な一件よ。あの海辺新田はながえこと空き地だった。あそこに家を建てたんは、跡を継いだ大江屋の次男、名は富左衛門《とみざえもん》、妾《めかけ》を囲うためだ」

信兵衛が住んでいた家が妾のため、浪人が借りている手習所は信右衛門のため、うらの四軒は貸し店として建てた。したがって、道にめんした二軒には湯殿があるが、うらの四軒にはない。ただ、後架《こうか》（便所）はまえの二軒とおなじようにうらの四軒も住まいのなかにある。

富左衛門の妾は柳橋の芸者であった。囲い者あいての貸し店がすくないことに眼をつけた富左衛門はついでにうらの四軒も建てたのだった。そのいきさつもあってだろうが、借り手はずっと元柳橋芸者たちだ。

「……信右衛門と弟の富左衛門は、富左衛門のところでたまに酒を酌《く》みかわしていたらしい。そんなおりは、信右衛門はいまは手習所になってる家で寝泊まりした。こいつはおいらの考え《かんげ》にすぎねえんだがな」

富左衛門は、信右衛門と酒を飲むのを口実に海辺新田へかよう。信右衛門へのひけめもあったろう。ふたりで酒を酌みかわす。富左衛門には妾がいる。信右衛門にはいない。しかし、うらには、妾もしくは何人かの旦那持ちの元芸者が四人もいる。

「……そう驚きなさんな。男が女を欲しがるように、女だって男が欲しくなることがある。それに、それ相応の銀《ぜに》をはらえば、酌をして寝床までつきあうだろうよ」

覚山は眉をよせた。

「つまり、店賃を安くしているうらにはそのようなことがあると」

喜平次が首をふる。

「おいらはそう思うんだが、女どもは認めはすめえよ。へたすりゃあ、縁切りだもんな。それに、手習所も畑も安く貸してる。今日もそろそろ刻限だな。話を聞いたんは、隠居してる大江屋の元番頭からよ。あと、ひとつふたつ話しておきてえ」

丈夫だった富左衛門があっけなく亡くなった。大江屋は倅が継いだ。母親に遠慮する倅にかわって信右衛門が妾の手切れなどをすませた。

富左衛門が亡くなったあと、信右衛門は婿の信兵衛に店を継がせ、海辺新田にひっこした。

元加賀町の湯屋にあたったが、うらに住む女たちがくるのはしばしばではなかった。つまり、ほかに湯を浴びるところがあったことになる。

信右衛門は、地所と石倉屋に預けてある金子を信兵衛にゆずった。信兵衛は恵比寿屋の先代である。すると、信兵衛亡きいま、それらは恵比寿屋のものではないか。

それが恵比寿屋の言いぶんであろう。

しかし、恵比寿屋と信兵衛とはほとんど縁切りのごとくであった。調べたかぎり、恵比寿屋の者は海辺新田の信兵衛宅へ足をむけていないし、信兵衛もまた恵比寿屋へは行っていない。

それに、財産はもともと大江屋のものである。

信兵衛は、江戸はずれの小名木川ぞいにある下大島町《しもおおしまちょう》の鍋釜《なべかま》問屋須賀《すが》屋の次男だった。

その須賀屋の一手預かりをしている両替屋が大江屋である。信兵衛の兄である須賀屋の隠居は、恵比寿屋を憎んでいる。

独り暮らしの信右衛門のもとへ信兵衛はしばしばかよっていた。また、信兵衛が隠居していまは手習所になっている家に越したのも、病がちな信右衛門の世話をするためであった。

そんなこともあって、大江屋は、信右衛門の財産については信兵衛の実家《さと》である須賀屋に肩入れしているように思える。

もうひとつ。貸し店は、ふつうは家主が差配している。ところが、海辺新田の手習所をふくむ五軒にかんしては、信兵衛がじかにやっていた。

「……家捜しさせたんだが、帳面のたぐいがねえ。となりの杉田権三郎によると、帳面をつけているふうではなかったそうだ。うらの三軒も女らの名義で貸してる。殺されたしまもおんなしだろう。そんなわけで、しまの旦那がわからねえんだ。信兵衛がしまを殺して自害《じげえ》した。まきぞえをいやがって名のりでねえのかもしれねえ。もしくは、ふたりを殺したのか。この一件、通夜や葬儀でさえままならねえのに、いまだに公事《くじ》（訴訟）沙汰《ざた》になってねえのは殺しかどうかはっきりしねえからなんだ。のこりは、明日《あす》か明後日《あさって》に話す」

喜平次が脇の刀をとった。

覚山は、廊下に膝をおってふたりを見送った。

路地にでてふり返り、一礼した弥助が格子戸をしめた。日暮れの陽射しが、路地の板塀をやわらかな秋色にそめていた。

四

翌十五日朝、覚山はよねの見送りをうけて住まいをでた。

大通りを行って永代橋をわたり、永久島北新堀町の恵比寿屋と、通りをはさんだ箱崎町一丁目の船入を見た。

恵比寿屋はさほどの大店ではなかった。

そういうことかと、覚山は得心した。

海をゆく菱垣《ひがき》廻船や樽廻船をもつ廻船問屋ではなく、川船で人や荷をはこぶ船問屋である。

船入には、行徳船のほかに、屋根船や猪牙舟が桟橋に舫われていた。

崩橋をわたりながら行徳河岸へ眼をやる。

桟橋に三艘《そう》の行徳船があった。

二艘が荷船で、一艘が人がのる船のようであった。

人足《にんそく》らが、一艘から荷をおろし、一艘へはこんでいる。岸には何台もの大八車《だいはちぐるま》がある。

北新堀町の霊岸島新堀ぞいは白壁の土蔵がならぶ河岸地で、小網町三丁目の日本橋川ぞいもそうであった。

崩橋から一町（約一〇九メートル）ほどにある住吉屋は土蔵造りの大店であった。

商人にとっての店構《たながま》えは大名家にとっての石高であろう。ならば、恵比寿屋より住吉屋のほうが格がうえである。

弟に跡継をゆずった信右衛門の人柄、血筋、暖簾の差。信右衛門ばかりでなく、信兵衛もまた婿入りであった。

それらが、ふたりを遠慮させた。

細長い三丁目のつぎが二丁目で、一丁目は思案《しあん》橋のさきだ。

よねは、日本橋かいわいのことはくわしくなかった。

それでも、本町通りは思案橋のさきの荒布《あらめ》橋をわたって右の伊勢町《いせちょう》堀ぞいを行き、左へ直角におれたところに架かる道浄《どうじょう》橋のさきだと思うので自身番屋でたずねてほしいと言われた。

覚山はそうした。

伊勢町堀から裏通りをすぎたつぎの表通りが本町通りであった。

大江屋は、住吉屋よりもさらにおおきな店構えだった。

ちらっと眼をやってそのままとおりすぎる。本町三丁目と二丁目とのあいだが、日本橋へいたる大通りだ。

日本橋へむかったつぎの通りを伊勢町堀のほうへおれた。

剣の心得がある者は道のまんなかを歩く。ふいをつかれぬためだ。おなじく、歩きながらの思案も避ける。

伊勢町堀ぞいを行って、荒布橋から思案橋をわたる。

覚山は、崩橋のたもと左の川岸によって足をとめ、行徳河岸に顔をむけた。

桟橋には荷を積んでいる船が一艘だけになっていた。

人足らが、肩に担いだ荷を船にはこんでいる。

東照神君《とうしょうしんくん》(家康)は、塩に窮した武田信玄《たけだしんげん》の故事にかんがみ、いちはやく行徳から塩をはこぶてだてをこうじたという。

しかしながらと、覚山は考える。

上杉謙信《うえすぎけんしん》が甲州《こうしゅう》の武田信玄へ塩をおくったとの説から、敵に塩を送るとの成句がある。

武田信玄と上杉謙信とは、宿敵であり、ともに名将である。

敵の苦境につけこむことなく塩を送った謙信と、受けとった信玄。両者の為人《ひととなり》をしめす逸話である。

だが、覚山は、事実ではあるまいと考えている。孫子《そんし》を旗印にした信玄ほどの武将が、兵糧《ひょうろう》に迂闊《うかつ》であったとはとうてい思えぬからだ。

ふたたび桟橋の船に眼をやってから、崩橋をわたった。

永代橋をこえ、右の帰路ではなく左へ躰をむけた。

油堀から仙台《せんだい》堀へでて海辺橋をわたり、海辺新田へ行った。

やはり釣瓶井戸で手を洗い、口をすすぐ。懐から手拭をだして濡れた手をふきながらさりげなく眼をやる。

死んだ信兵衛の住まいよりも浪人が借りている手習所のほうがおおきい。信兵衛は独り住まいだからと考えてしまった。

信兵衛の住まいにも、手習所にも、湯殿のものらしき無双窓がある。

恵比寿屋は大江屋に借銀がある。大江屋を継いだ富左衛門は、妾を囲う家と、兄のためにおおきめの家を建てた。そして、しばしば酒を酌みかわした。

大江屋の身代なら向島《むこうじま》あたりに地所を借りて建てることもできよう。すると、ここにつかえる地所があったからか、それとも兄への家を建てるためであったのか。

覚山は、手拭を袂にいれて家路についた。

よねは弟子に稽古をつけていた。襖をあけたよねによいというふうに笑顔をうかべ、覚山は居間できがえた。

暖かな陽射しがあるので縁側の障子を左右にひき、書見台をおいた。

書見台から、晩秋の青空と白いちぎれ雲に眼をやり、考える。

信兵衛はしまの住まいの居間でしまとともに首の血脈から血を流して死んでいた。そして、しまのものと思われる剃刀があった。

しまの住まいがあらされていたとは聞いていない。つまり、賊ではない。

殺しならば、しまと何者かが居間にいるところへ信兵衛がやってきた。もしくは、しまと信兵衛とがいるところに何者かがきた。

狙いはしま。あるいは、しまと間男の信兵衛。殺したのはしまの旦那。

旦那がしまに本気で惚れていたのならありえなくはない。

しまと信兵衛が惚れあっていたとする。しまは旦那に抱かれたくない。信兵衛も抱かれてほしくない。ふたりで黄泉《よみ》への旅にでることにした。

信兵衛がしまに欲情した。

店賃をただにしてもよい。しまはおうじた。信兵衛は肉欲に溺《おぼ》れ、しまを独り占めしたくなった。

旦那と別れるようもとめたが、しまは首をたてにふらなかった。ほかの男に抱かせるくらいならと、信兵衛はしまを殺し、みずからも命を絶った。

もうひとつは財産がらみだ。

狙いは信兵衛で、しまはまきぞえだった。

では、なにゆえ、信兵衛宅で信兵衛のみを殺さなかったのか。

旦那がこない日の逢瀬《おうせ》。殺した者、もしくは殺させた者は、信兵衛としまとの密通を知っていた。

あそこは見張るところがない。つまり、信兵衛がしまの住まいへ行く日と刻限がおおよそきまっていた。

柴田喜平次も、はじめは相対死か痴情のもつれか、信兵衛はまきぞえだと考えた。ところが、信兵衛の財産があきらかになり、しまのほうがまきぞえというのもありうるとの思いにいたった。

半月余になるのに、いまだ殺しか否かさえはっきりしない。

――いや、見張るところならある。

覚山は、かすかに首をふってふかく息をし、書物をひらいた。

昼まえに三吉がきた。

柴田喜平次が夕刻に笹竹へきてほしいとのことであった。

覚山は、承知し、たきとともに中食の食膳をはこんできたよねに告げた。

夕七ツ（四時）の鐘の音が遠ざかってから、覚山はよねにてつだってもらってきがえた。

大小のほかに八角棒も腰にさし、小田原提灯を懐にして住まいをあとにした。

この日は暖かかった。それでも、陽が西にかたむくにつれて、東から日暮れと晩秋のけはいがしのびよってきていた。

覚山は、大通りから正源寺参道へおれ、なかほどにある笹竹の暖簾をわけて腰高障子をひいた。

女将のきよが満面の笑みをうかべた。

六畳間の障子はあけてあり、柴田喜平次と弥助がいた。

覚山は、きよに笑みをかえし、草履をぬいで六畳間にあがった。

ふたりのまえには食膳があった。

あがってきたきよが、食膳をおき、銚子を手にした。覚山は、杯をとって受け、はんぶんほど飲んだ。

土間におりたきよが障子をしめた。

喜平次が言った。

「さっそくだが、海辺新田の家六軒を大江屋富左衛門が建てたんは話したよな」

「うかがいました」

喜平次が顎をひく。

「富左衛門が亡くなったあとに、あのあたり一帯《いってえ》が火事で燃えたことがある。両替屋大江屋の主は代々《でえでえ》富左衛門を名のってて、信右衛門弟の富左衛門の倅、つまり先代の富左衛門がおんなし間取りの家を六軒建てた。だから、はじめのうち、おいらはあの地所も家も大江屋のもんだと思った。信兵衛が住んで店賃と畑の貸し賃をとってはいるが、それは信右衛門がそのように遺《のこ》したからだとな。おいらだけじゃねえ、塩問屋の住吉屋も船問屋の恵比寿屋も信兵衛のものになってるとは知らなかった」

信兵衛は隠居した恵比寿屋の先代である。喜平次は、死を報せるべく手先を恵比寿屋へ使いにやった。

尋常な死にかたではない。恵比寿屋は迷惑げであった。先代とはいえ婿入りであり、縁者の当代が店《たな》を継いでからは往き来もなく、小名木川ぞいの下大島町にある鍋釜問屋の須賀屋が生家なので、そちらへお報せになられたほうがとの言いようであった。

もどってきた使いを、喜平次は下大島町の須賀屋へ行かせた。

「……そいつに、信兵衛の亡骸《なきがら》がどうなるか見とどけるように言ってあったんだが、ここで一服して御番所へ行こうとしたら、そいつが駆けてきて揉《も》めてるってんだ」

須賀屋の者らが、自身番屋へはこばれていた信兵衛の亡骸を住まいに移して通夜のしたくにかかったところへ、恵比寿屋と住吉屋の主が手代らをともなってやってきた。

信兵衛は恵比寿屋の先代ゆえ、通夜から葬儀いっさいを恵比寿屋でおこないたいと言いだした。

手のひらを返すかのごとき理不尽さに、須賀屋は怒った。

喜平次がやってきても、双方とも一歩も引くようすがない。ついに喜平次は一件に目処《めど》がつくまで死骸《ほとけ》をあずかると申しわたし、御番所で相談して火葬にした遺骨を回向院にあずけたのだった。

さぐらせてわかったのだが、信兵衛の死を報せる使いを帰したあと、恵比寿屋の主信左衛門は住吉屋に兄の宗兵衛《そうべえ》をたずねている。

住吉屋の倅が恵比寿屋を継ぐにあたって、大江屋からの借銀は住吉屋が皆済《かいさい》している。それでも、借銀のために大江屋から長男の信右衛門を婿にむかえた経緯《いきさつ》がある。おもな取引先である両替屋の機嫌をそこねるのをはばかったのと、信兵衛亡きあとの住まいがどうなるかも気になったので、住吉屋宗兵衛は大江屋へ番頭を行かせて信兵衛の死を報せた。

すると、報せてもらったことへの礼と、信兵衛には信右衛門がひとかたならぬ世話になったので、通夜と葬儀の日取り刻限がきまったらお教え願いたいとのことであった。

そうなのだ、病がちな先々代の信右衛門の世話をするために先代の信兵衛は隠居して海辺新田にひっこした。縁切りになったとはいえ、先代の葬儀を実家《さと》にさせたとあって評判にかかわる。

あらためてそのことに思いいたり、住吉屋宗兵衛は弟の恵比寿屋信左衛門をうながし、手代らをともなって海辺新田へ駆けつけたのだった。

「……で、おいらに追いかえされた住吉屋は、信兵衛の生家《さと》がてめえんとこで葬儀をやるって口だししてきてゆずらねえんで御番所あずかりになってしまったって両替屋大江屋へ報せた。算盤《そろばん》勘定は得手でも、料簡《りようけん》がせまく、てめえの都合しか考《かん》えられねえんだろうな」

先代の信兵衛は、先々代の信右衛門が婿にむかえている。大江屋と鍋釜問屋の須賀屋とのあいだになんらかのかかわりがあっての婿取りだったのかもしれない。住吉屋宗兵衛も弟である恵比寿屋の当代信左衛門も、そこに思いいたらなかった。

翌朝、怪訝《けげん》に思った大江屋富左衛門は、手代を下大島町の須賀屋へ使いにやっている。

「……念押しするまでもあるめえが、住吉屋も恵比寿屋も海辺新田の地所と六軒の家は大江屋のもんだろうと思っていたはずだ。むろんのこと、南本所元町の両替屋石倉屋に預けてある金子についてもしらなかった」

還暦をすぎた年寄の家持が、店子《たなこ》の色っぽい中年増のところでともに死んでいた。

しかも、女は旦那持ちの妾である。

いったいどういうことなのか。尾鰭《おひれ》がついた噂がたちまちひろがった。

大江屋が手代を須賀屋へ使いにやった二十八日の朝、石倉屋はその噂を耳にした。手代を信兵衛宅へやってまちがいないのをたしかめた石倉屋は、昼に恵比寿屋をたずねた。

哀悼の意を述べ、葬儀の日取りがきまったら教えてほしいむねと、ひきつづきの取引を願った。

まず訊かれたのは借銀だった。ございませんとこたえ、預っている額を告げた。恵比寿屋の驚愕《きょうがく》のほどを表情が語っていた。

なにゆえそのような大金がと、恵比寿屋はくわしく知りたがった。向後も取引を願わなくてはならないが、石倉屋は仔細につきましては跡をお継ぎになるかたにお話しいたしますとこたえた。つまり、石倉屋は葬儀などでもめていることまで知っていた。

恵比寿屋を辞去した石倉屋は、その足で両替屋大江屋をたずねてありのままを告げた。

「……信兵衛殺しが財産狙いだったとする。ならば、恵比寿屋と住吉屋はありえねえってことになる。須賀屋も大江屋から聞くまでは知らなかったって言ってる。しまと信兵衛とは、たぶんわりない仲だった。だから、しまが信兵衛の財産について知ってたってのはありうる。しまがさきゆきの不安を口にする。信兵衛が安心させるために話す。そんなとこだ。だが、殺した奴は、いってえどうやって財産を手にいれるんだ。信兵衛を狙ったんなら、なんか手違《てちげ》えがあったのかもしれねえ。つぎに大江屋と須賀屋についてだ」

　信右衛門の母親と須賀屋の内儀は姉妹だった。須賀屋内儀のほうが姉だ。信右衛門に弟が生まれた年、須賀屋内儀も長男を産んだ。須賀屋にとっては待ちに待った長男だったが、百日もたたずに亡くなってしまった。

　須賀屋夫婦《めおと》の嘆きはひとかたではなかった。赤児はいないのに乳は張る。内儀は泣いてばかりいた。

　そんな内儀を見かねた須賀屋が大江屋に相談に行った。

　大江屋の兄弟は年子である。弟は丈夫だが、兄は病がちだ。大江屋でも長男はながくは生きられまいとなかば諦めているのを須賀屋は知っていた。

　長男をあずけてもらえまいか。そうすれば、内儀に生きるはりあいができる。

　須賀屋は、畳に額をこすりつけんばかりにしてたのんだ。

「……で、信右衛門は須賀屋内儀の乳で育った。内儀が男児を産んだ四歳の秋まで、信右衛門は須賀屋にいたそうだ。信右衛門にとっては、須賀屋内儀のほうが母親みてえなもんだ。おりにふれて須賀屋へ行っていた。だから、従弟《いとこ》の子である信兵衛は生まれたころから知ってる」

喜平次が、諸白をついで喉をうるおした。

食膳に杯をおいて上体をおこすのを待って、覚山は口をひらいた。

「今朝、恵比寿屋、住吉屋、大江屋を見にまいり、帰りに海辺新田へもまいりました。うらの三軒からでしたら、信兵衛の出入りを見張れるやもしれませぬ」

喜平次がうなずく。

「信兵衛ん家《ち》には湯殿がある。行水にしろ、湯を沸かすにしろ、湯船に水を溜めなくちゃあならねえ。かよいのこうのほかに、手習所の年嵩の子にも手間賃をはらってやらせてる。うらの女四人は湯屋へ行くこともあれば、信兵衛の湯殿をつかわせてもらうこともあった。女にしては湯屋へかよってねえんで、まちげえねえはずだ。さて、いいまと信兵衛はできてたとしよう。ほかの三人はどうかな」

覚山は、眉をつりあげ、しかめた。

「まさか」

「世間には、信じられねえようなまさかがある。信右衛門も信兵衛も銭に困ってたわけじゃねえ。部屋もある。なんで女中をおかずにかよいにしたんだ。しかも、うらで貸してるんは元柳橋芸者ばかりだ」

覚山は、ゆっくりと首をふった。

喜平次がほほえむ。

「生きてくためには食わなきゃあならねえ。食うためには銭がいる。銭の稼ぎかたはいろいろある。払わなきゃあならねえ銭を払わずにすますこともできる。おいら、四人ともが信兵衛とできてたとしても驚かねえぜ。去年の秋に越してきたは、つはまだったかもしれねえがな」

覚山は、胸腔いっぱい息を吸い、鼻孔からはきだした。

喜平次が笑いをこぼす。

「ばあいによっちゃあ、女より男のほうがよっぽどやわよ。おめえさんが言うように、見張ってたとしたらあの三軒のどれかしかねえ。だから、あそこに住んでる三人の女をつっつくわけにはいかねえんだ。相対死、悋気《りんき》、財産狙い。ひょっとしたら、しまが狙いで信兵衛はまきぞえだったのかもしれねえ。それなら、たまたまあの夜だったってのもありうる」

「もとをたどれば大江屋の財産にござりまするが」

「ああ。だが、へたに口だしすれば暖簾にかかわる。大江屋はどっちかといえば須賀屋に肩入れしてるが、まあ、ようすみってとこじゃねえかな。というわけなんだ。気づいたことがあったら、また知恵をかしてもらいてえ。もういいぜ」

「失礼つかまつりまする」

覚山は、喜平次に一揖して脇の刀と八角棒をとった。

第二章　落籍

一

翌十六日の朝、よねも湯屋《ゆうや》からもどってきて居間でくつろいでいると、庭のくぐり戸がおとなしくあけられた。

「松吉でやす。おじゃまさせていただきやす」

声にいつものあかるさがない。

覚山は、よねと顔をみあわせた。

晩秋も中旬。江戸の空は薄墨色に塗りこめられ、風もあって肌寒い朝だった。

よねが、立ちあがって、縁側の障子をあけた。

沓脱石《くつぬぎいし》のところにきた松吉がぺこりと辞儀をした。空もようとおなじく表情が曇っている。

よねが言った。

「おあがりなさいな」

「ありがとうございやす」

懐《ふところ》から手拭《てぬぐい》をだした松吉が、沓脱石に片足ずつのせて足袋《たび》の埃《ほこり》をはらった。

草履《ぞうり》をぬいで濡れ縁にあがり、敷居をまたいで障子をしめ、膝《ひざ》をおった。

覚山は訊《き》いた。

「どうした、いやなことでもあったのか」

「いえ。昨夜《ゆうべ》、ちょいと気になることを耳にいたしやした。友助《ともすけ》が、今月いっぺえで落籍《みうけ》されるらしいそうで。およねさんなら、なんかごぞんじじゃねえかと思いやして」

松吉がよねを見た。

よねがこまった顔になる。

廊下でたきが声をかけ、襖《ふすま》があけられた。

はいってきたたきが、膝をおり、松吉のまえに盆から茶托《ちゃたく》ごと茶碗をおいた。

「いつもありがとな」

ちいさく首をふったたきが、立ちあがり、居間をでて襖をしめた。

覚山は語りかけた。

「松吉」

「へい」

「重陽《ちょうよう》の節句のおり、三好《みよし》屋の女将《おかみ》がそのように申しておったそうな。友助とともにあらためて挨拶《あいさつ》にまいるとのことだ。わしらも、この月ずえまでとしか知らぬ」

「やはりそうでやしたか。友助は二十二。花盛りの年増芸者でやす。別嬪《べっぴん》の売れっ子でやすから落籍《みうけ》話があってもおかしくありやせん。わかってるんでやすが、いざきまったって聞くと、なんかこう、胸をぐさっと刺されちまったような気分で」

十九歳までが娘で、二十歳《はたち》からは年増、二十三、四から二十七、八までが中年増《ちゅう》、それ以降は大年増と呼ばれる。

「恋を失うを失恋という。そうか、本気だったのか」

「あんだけの別嬪に、笑いかけられたり、やさしい声をかけられたりしたら、誰だって惚れやす。先生《せんせえ》だって、深川《ふかがわ》一、いや江戸一の別嬪に惚れられたじゃありやせんか」

「あら、ありがとね」

よねが笑みをこぼした。

「いいえ、ほんとうのことでやすから。先生《せんせえ》のほうが惚れたんなら、およねさん、逃げだしてたにきまってやす」

覚山は聞きとがめた。

「どういう意味だ」

「気にしねえでおくんなさい。男は顔じゃねえ、おれたちだって望みがあるって、みな、涙ながして喜んでるんでやすから。おっと、居酒屋ででやす。厠《かわや》は先生《せんせえ》におまかせしやす。あんなとこでならんで涙ながしたりしてたら、危ねえ奴らだって思われちまいやす。きまっちまったんなら、しかたありやせん、友助のことはきっぱりあきらめやす。あっしには、まだ玉次《たまじ》とおたきちゃんがおりやす。玉次は十八、おたきちゃんは十五、あっしは二十七。ほかの奴にとられるめえに、きばって稼ぐことにいたしやす」

覚山は顎をひいた。

「うむ。せいぜい稼ぐがよい。ところで、松吉、教えてもらいたきことがある」

「なんでやしょう」

「箱崎《はこざき》川の行徳《ぎょうとく》河岸から行徳船で行徳まで何刻くらいかかる」

松吉が、眉《まゆ》をよせた。

ややあった。

「行徳河岸から行徳までは、おおよそでやすが四里（約一六キロメートル）くれえじゃねえかと思いやす。行徳船は、客なら二十数人のっけられると聞いておりやす。ですから、一刻半（三時間）くれえでやしょうか。猪牙舟《ちょきぶね》なら一刻（二時間）かかるかかからねえか。屋根船でそのあいだくれえでやす。行徳へ行かれるんでやしたら、あつしでお願《ねげ》えしやす。なにしろ、稼がねえとならねえんで」

「そのおりはそうしよう。八丁堀《はっちょうぼり》の柴田《しばた》どのがらみなのだ」

「北の旦那の」

松吉が、茶碗に手をのばして茶を喫した。

茶碗をおく。

「友助を落籍《ひい》たんがいい旦那であるのを祈っておりやす。およねさんがそうでやすが、やっぱり別嬪はしあわせが似合いやす。馳走《ごち》になりやした。およねさん、先生《せんせえ》、失礼《しつれえ》しやす」

低頭した松吉が、膝をめぐらして障子をあけ、濡れ縁にでてふたたび低頭し、障子をしめた。

庭のくぐり戸が開閉するけはいを待ち、覚山はよねに顔をむけた。

「落籍《みうけ》で想いだしたのだが、海辺新田の一件で死んだしまは元柳橋芸者で年齢《とし》は二十三。柴田どのは旦那がわからぬとおっしゃっておられた。あそこは四軒とも元柳橋芸者が住んでおる。柴田どのは旦那がわからぬとおっしゃっておられた。しまは借り主ゆえ、旦那が名のりでぬかぎりわからぬのもなるほどと思うておったが、柳橋の置屋にあたれば誰が落籍《みうけ》したかわかるのではあるまいか。むろん、柴田どのにぬかりはあるまい。どういうことであろう」

よねが、小首をかしげて眼をおとし、すぐにもどした。

「こういうことではないでしょうか。落籍《みうけ》した旦那とは縁切りになった。でも、越してきたのではなく住みつづけていたのだとしたら、つぎの旦那のあてがあったように思います。なければ、どこか安いところに移るはずです。けど、かなりの手切れ銀をいただいたか、見栄っぱりならわかりません」

「なるほどな」

覚山は、腕をくんだ。

よねがたきを呼び、茶碗をかたづけさせた。

弟子がきて、よねが客間へ稽古《けいこ》をつけに行き、朝四ツ（十時）の鐘が鳴った。

覚山は縁側ちかくに書見台をおいた。

しばらくして、雨になったようであった。

障子をわずかにあけると、灰色の空を霧雨がぬらしていた。

覚山は、障子をしめて書物に眼をこらした。

雨は、ふったりやんだりであった。

暮六ツ（六時）の捨て鐘で、覚山は腰に大小と八角棒とをさして居間をでた。よねが蛇の目傘と火をともした小田原提灯《おだわらぢょうちん》をもってついてきた。

三度の捨て鐘のあと、時の数だけ鐘が撞《つ》かれる。

雨なので沓脱石におかれた足駄（高下駄）を履く。

沓脱石からおりてふり返り、よねから蛇の目傘と小田原提灯をうけとる。

格子戸をあけて敷居をまたぎ、小雨に蛇の目傘をひろげた。

うしろ手に格子戸をしめる。

雨の日は日暮れがはやい。晴れていれば薄暮のなかを入堀通りまで提灯なしで行けるが、雨だと雲が空をおおっている。

蛇の目傘と小田原提灯は左手で柄《え》をにぎっている。右手はすぐさま抜刀できるようにあけておかねばならない。

武に生きる者の心得である。

万松亭《ばんしょう》によって、でてきた長兵衛に小田原提灯をあずける。

油《あぶら》堀から枝分かれした入堀は、幅が四間半（約八・一メートル）で、大通りにつきあたる堀留までの長さが一町半（約一六四メートル）。東西両岸に幅四間（約七・二メートル）の入堀通りがある。

東が永代寺門前山本町《えいたいじもんぜんやまもとちょう》で、西が永代寺門前仲町。

両岸とも川岸に柳と朱塗りの常夜灯とが交互にあるが、門前仲町のほうが料理茶屋がおおく、そのぶんはなやかである。

油堀との境には猪ノ口《いくち》橋があり、堀留まで半町（約五四・五メートル）ほどのところに名無し橋がある。

入堀通りは、常夜灯と見世からのあかりがあるので提灯をもたずとも歩ける。

万松亭をでた覚山は、通りのまんなかを堀留へむかった。

「先生、ごめんくださいまし」

蛇の目傘をさして左褄《ひだりづま》をとった芸者が、いそぎ足で右横をとおりすぎた。番傘をさして三味線箱を小脇にかかえた置屋の若い衆《しゅ》がつづく。

暮六ツの鐘は鳴り終わっている。

路地の二軒さきにある料理茶屋のまえで、芸者が蛇の目傘をとじて暖簾《のれん》をわけた。

川岸では、雨にぬれた柳が枝を重たげにたれている。

雨のせいで夜気は冷たく、通りにはひやかしの姿もない。ゆきかうわずかな者も、みな早足であった。

常夜灯も、いつになくわびしげだ。

名無し橋のてまえで、覚山は立ちどまった。

右の裏通りに剣呑《けんのん》な気配がある。

睨《にら》みつける。

番傘をさした影がでてきた。

五名。襟《えり》をはだけぎみにしている。通りをふさぐように大通りのほうへ躰《からだ》をむけて立ちどまった。

あからさまなやりように、覚山は微苦笑をもらした。

ゆきかっていた者らが、軒下へよる。川岸の駕籠舁《かごかき》らも、駕籠をかついで離れる。

常夜灯を楯《たて》にしている船頭らに、覚山は顎をしゃくった。うなずいた船頭らが、堀留のほうへ行く。

覚山はつよい声をだした。

「往来の邪魔をいたすでない」

聞こえぬふりをしている。だが、こちらをうかがっているのが肩のこわばりでわかる。

「我がもの顔でのさばられては世間の迷惑ゆえ、言ってもわからぬなら髷《まげ》を斬りとばしてくれよう」

五名がいっせいにふり返った。

まんなかがわめく。

「ふざけたことぬかすんじゃねえ、このどさんぴんがッ」

覚山はうごいた。

腰の八角棒を抜き、間合を割る。

口をゆがめて睨みつけようとしたまんなかが、あわてて、右手でにぎっていた番傘の柄を左手にうつそうとする。

「不心得。たわけめ」

番傘の柄を弾き、額に一発。

――ポカッ。

「痛《いて》えっ。よくもやりや……」

さらに一発。わずかに右へずらす。

——ポカッ。

両眼をとじて、両手を額にあてててうずくまる。

残り四名が、番傘を放りだす。右手を懐につっこみ、匕首《あいくち》をだす。

「野郎ッ」

素人《しろうと》なら刃物に怯《ひる》むであろう。だが、幼きころより剣の修行を積んでいる。度胸はあっても烏合《うごう》にすぎぬ。

左手で蛇の目傘の柄を握ったまま、指や手首を打って匕首を落とし、額に一撃をみまう。

二歩しりぞき、雨よりも冷たい声をだす。

「得物《えもの》を拾ってかかってまいれ。つぎは手加減せず額を割ってくれよう」

背をかがめる者はいない。

「物騒なものをもって去れ」

ためらっている。

覚山は、さげていた八角棒をゆっくりともちあげた。

五名が匕首を拾う。

「野郎ッ……」

覚山はさえぎった。

「傘をおいてくでないぞ」

五名とも雨にぬれている。番傘をとってとじ、匕首とともに左手に握り、あるいは小脇にはさみ、でてきた裏通りへつぎつぎと駆け去っていく。

しんがりが顔をむけた。

くやしげな表情だ。

「憶《おぼ》えてやがれッ」

覚山は、さっとすすみ、裏通りへ眼をやった。

住まいがある路地へまがるなら追いかけねばならぬ。

五名はまっすぐ駆けていき、湯屋のかどを大通りのほうへ消えた。

覚山は、八角棒を腰にもどした。

川岸の船頭や駕籠舁が、手をたたき、すげえやと感嘆の声をあげた。

堀留から大通りへでしなに一ノ鳥居のほうへ眼をやったが五名の姿はなかった。堀留をまわって門前山本町の入堀通りへはいる。

笠や蓑《みの》をまとうほどの降りではないが、冷たい晩秋の雨である。客待ちの駕籠舁や船頭らが、軒したや柳の枝したにかがんで雨宿りをしていた。

猪ノ口橋をわたって万松亭へもどる。

長兵衛が待っていた。

「先生、見ていた者によりますと、蛤町《はまぐりちょう》の三五郎《さんごろう》一家のようにございます」

「さようか。命じられての待ち伏せではあるまい。拙者《せっしゃ》に一泡吹かせて名をあげようとしたのではあるまいか。そんな気がいたす」

長兵衛が、首をめぐらして女中を呼んだ。

女中があかりをともした小田原提灯をもってきた。暖簾のところまで長兵衛がついてきた。覚山は、雨に蛇の目傘をひろげ、住まいにもどった。

居間の刀掛けに大小と八角棒をおき、羽織をぬいで隅の衣桁《いこう》にかける。

よねが、茶をもってきた。

冷えた躰に、熱い茶がここちよい。

覚山は、茶碗をおき、なにがあったかを語った。

闇討なら、これまでそうであったように人影のすくない猪ノ口橋あたりでしかける。それを、名無し橋まえの裏通りにひそんでいて、通りをふさぐふるまいをした。

背をむけている者に打ちかかるわけにはゆかぬ。そこまではよい。髷を斬ると言われてあわててふり返ったは愚かである。

こちらが地廻りあいてに刀を抜かぬのを承知のうえで、あわよくば一泡吹かせんとの功名心からであろう。

庭のくぐり戸が音をたてた。

立ちあがったよねが縁側の障子をあけた。

ぶら提灯をにぎった長吉があらわれた。傘をさしていない。雨はやんだようだ。

「先生、表で鳶《とび》と川並《かわなみ》とが睨みあい、いまにも喧嘩《けんか》になりそうにございます」

「わかった」

よねが襖をあけて戸口へ行った。

覚山は、大小を腰にして八角棒をもった。

よねが下駄を手にしてもどってきた。

うけとった長吉が沓脱石におく。

木場人足を広義に川並という。狭義《きょうぎ》には、原木の仕分けなどをおこなう川並鳶を指す。ほかに、筏師《いかだし》、木挽《こびき》、荷揚げ人足がいる。つまり、川並鳶が木場人足の花形である。

鳶の者はすなわち町火消である。だが、川並鳶は町火消ではない。木場にもわずかながら町火消である鳶の者がいる。

木場に町火消がすくないのは、広大な池に浮かぶ橋でつながった小島の群れのごとき造りになっているからだ。

鳶の者は、町内の溝掃除《どぶそうじ》をすることから〝溝浚《さら》い〟と陰口をたたかれる。しかし、町火消としての誇りがある。

川並鳶は町鳶とおなじ鳶口をつかう。それゆえになおさら、町鳶は川並鳶を見くだしていた。

万松亭の庭をぬけていくと、表の土間に長兵衛がいた。

案じ顔にほっとした表情をうかべ、ちいさく辞儀をした。

「先生、七、八人ずつの鳶と川並が、道をゆずれゆずらぬで睨みあっております。難癖をつけられかねませんのでとおることもままならず、みな山本町のほうへまわっております」

覚山は、うなずき、表へむかった。

長兵衛と長吉がついてくる。

暖簾をわけて通りへでた。

左どなりの店《たな》のまえに、睨みあう十数人の印半纏《しるしばんてん》に股引《ももひき》姿があった。

斜めうしろで長兵衛がささやいた。

「こちらが鳶の者で、むこうが川並にございます」

長兵衛に横顔をみせてかるく顎をひき、顔をもどして通りをふさいでいる者らへ足をむけた。

立ちどまり、声をかける。

「とおしてもらえぬか」

「見てわから……」

腰をひねって怒り顔をむけた鳶の者が、総髪から右手の八角棒に眼をおとした。

「よ、用心棒の先生《せんせえ》」

石を投じた波紋のごとく鳶の者らがつぎつぎとふり返り、左右に割れる。

覚山はすすんだ。

川並らがいちように怪訝《けげん》な表情をうかべている。町鳶と川並とのあいだは一間（約一・八メートル）ほどしかない。

そのまんなかで入堀を背にした。

左右に眼をやる。

「往来をふさがれてみなが迷惑しておる。言うことをきくか、額を割られるか。わしはどちらでもよい」

町鳶に顔をむける。

「軒したへよれ」

町鳶が、いかにも不承不承といったようすで軒したへうごく。

川並へ顔をむけた。

「おまえらは、川岸だ。喧嘩がしたいならほかでするがよい。ここでは許さぬ。さっさとよらぬか」

口をとがらす者もいたが、川並らがおとなしく川岸へよった。

「よし。わしの両側をとおって去れ。どちらも道をゆずったことにはならぬ」

町鳶は猪ノ口橋のほうへ、川並は堀留のほうへ。双方がじゅうぶんに離れるまで待って、覚山は万松亭へもどった。

二

翌十七日。

朝四ツ（十時）の捨て鐘とともに戸口の格子戸があけられた。

客間に行ったよねがすぐにもどってきた。

「先生、三好屋の見習の妓《こ》が女将さんに言付けをたのまれたそうです。昼の稽古が終わる八ツ半（三時）すぎに友助と挨拶におうかがいしたいがお許しねがえますでしょうかとのことです」

「わしはかまわぬ」

「あい」

よねが客間へもどった。

昼の稽古がすんでほどなく、三好屋の女将と友助がおとずれた。迎えにでたよねがふたりを客間に招じて呼びにきた。

覚山は、客間へ行って上座でふたりに対した。よねが、躰ふたつぶんほどあけた右よこ半歩まえで膝をおる。

畳に三つ指をついていたふたりが、上体をなおした。

女将が言った。

「先生、ご挨拶におうかがいするのが遅くなってしまい、申しわけございません。友助のことではなにかとご心配をおかけし、お礼を申しあげます。友助は、二十五日までお座敷をつとめさせていただき、晦日《みそか》の二十九日にあらたな住まいへ移ります」

女将が横顔で友助をうながした。

「先生、お世話になりました」

ふたりが、ふたたび三つ指をついた。

なおるまで待って、覚山は、女将にほほえみ、友助に眼をやった。

「達者でな。しあわせを願っておる」

「ありがとうございます」

友助が、恥ずかしげに眼をふせた。

女将が友助からうけとった袱紗《ふくさ》包みに右手をそえてまえへすべらせ、ふたりでふたたび低頭して辞去を述べた。

よねがふたりを見送った。

袱紗包みを厨《くりや》へもっていって居間へきたよねに、覚山は言った。

「挨拶まわりもたいへんだな」

「不義理をするわけにはまいりません。あたしもお世話になったお茶屋さんやひいきにしていただいたお客さまに挨拶にうかがいました。あたしがでかけると言っても、先生はいつもうわの空でした」

「そうであったかな」

「あい」

「およねがわが妻であるということに慣れることができず、見とれておったのやもしれぬな」

「まあ」

よねが、頬《ほお》を染めて笑みをこぼした。

すぐに小首をかしげた。

「先生、なにか気になることでも」

「海辺新田の元芸者らのことだが、芸者をやめるさいにはかならず挨拶まわりをするものなのか」

「そうとはかぎりません。あたしは深川のことしか知りませんが、消えるようにいなくなることもあります。借銀とか、不義理とか、理由《わけ》はいろいろです。挨拶も女将さんがいっしょでないこともあります。友助は売れっ子だったからです」

「およねについて挨拶まわりをせずにわるいことをしたのなら詫びねばならぬ」

「そんなことありません。先生をお連れして挨拶まわりをしたら、あとで嫌みを言われてしまいました」

「わかるような気もするが、わかるかと問われれば、よくわからぬ。それはよい。すると、ひっそりと落籍《みうけ》することもあるわけだな」

よねがうなずく。

「落籍《みうけ》なさる旦那のほうがおおげさにしたくない、事情《わけ》あって世間をはばかる。人それぞれですから」

「なるほどな。さもあろう」

夕七ツ（四時）の鐘が鳴った。

すこしして、戸口の格子戸があけられた。

「ごめんくださいやし」

聞きおぼえがある。

覚山は、戸口へいそいだ。

戸口の土間に浅井駿介《あさいしゅんすけ》と仙次《せんじ》がいた。

「どうぞおあがりを」

駿介がこたえた。

「いや、礼《れえ》を言いによっただけだ」

覚山は膝をおった。

駿介がほほえむ。

「鳶と川並とのいざこざをうまくさばいてくれたそうだな。やつら、喧嘩っ早い。おおごとにならずに助かったぜ。ありがとよ。そんだけだ」

「わざわざおそれいりまする」

「なあに」

駿介が笑みをうかべる。

格子戸をあけた仙次が表にでた。駿介が背をむけて敷居をまたぎ、仙次が格子戸をしめた。

翌々日の朝、よねが湯屋からもどってきてほどなくして、庭のくぐり戸があいた。

「おはようございやす。松吉でやす」

腰をあげたよねが縁側の障子をあける。

顔をみせた松吉は先日より表情がややあかるかった。

よねが、あがるように言った。

「ありがとうございやす」

懐からだした手拭で足袋の埃をはらった松吉が、沓脱石から濡れ縁にあがり、敷居をまたいで膝をおった。

「先生《せんせえ》、昨夜《ゆうべ》、客を送った帰《けえ》りに、友助が艫《とも》の障子をあけてくれ、話をしやした。座敷が二十五日までで、そのめえに会えてほんとうによかったって言われ、あっしは、なんかこう、胸がおしつぶされるようにしめつけられ、あやうく、眼から水をこぼすところでやした」

覚山はあきれた。

「正直に涙と言えばよかろう」

「惚れた女のめえで涙はみせられやせん」

「まあよい。友助と話せたのか。それはよかった」

「へい」

たきが声をかけ、襖をあけた。はいってきて膝をおって襖をしめ、松吉のまえまですすんで膝をおり、盆をおいた。

松吉が笑顔になる。

「いつもいつもありがとな。おたきちゃんは十五だもんな。あせるこたぁねえぞ。なんなら、あと二、三年十五のまんまでいいからな」

うつむいたたきが、こらえきれずに笑みをこぼした。

よねはあきれ顔だ。

廊下にでたたきが襖をしめた。

茶を喫した松吉が茶碗を茶托においた。

「今日のような曇り日はだいぶ冷えるようになってきやした。温《あつた》けえお茶で、胃の腑《ふ》ばかりか心まで温かくなりやす。ところで、先生《せんせえ》、友助を落籍《みうけ》したんが誰かごぞんじでやしょうか」

「いや、知らぬ」

「日本橋小網町《こあみちよう》の住吉屋《すみよし》って塩問屋だそうで」

「ほう。まことか」

「噂《うわさ》でやす。こいつも噂でやすが、落籍《みうけ》金が二百両だそうで。あっしが、そんだけ稼ぐには八年くれえかかりやす。ほかにもしたくやらお礼やらかかりやすが、友助のために八右衛門《はちえもん》新田にある寮を借りたそうでやす」

「それはどのあたりだ」

「ああ、すいやせん。小名木川《おなきがわ》から横十間川《よこじつけん》を南へへえったとこでやす。九鬼《くき》さまお屋敷の五本松から二町（約二一八メートル）あまりんとこに横十間川がありやす」

丹波《たんば》の国綾部《あやべ》藩一万九千五百石の九鬼家は、外様《とざま》の陣屋大名である。領地には城ではなく陣屋がある。小名木川にめんした猿江町《さるえちよう》の下屋敷は一千五百五十坪余。

屋敷うちから道をこえて枝をのばす古松《こしよう》は小名木川の景勝であった。歌川広重《うたがわひろしげ》が『名所江戸百景』の九十七景「小奈木川五本まつ」で描いている。広重は小名木川を湾曲した構図にしてあるが、じっさいはまっすぐだ。

五本松の由来は、かつては川筋に五本の松があったことによる。ほかは枯れ、一本だけがのこった。

「松吉」

「なんでやしょう」

「その住吉屋についてなにか耳にしたら教えてもらえぬか」

「わかりやした。友助を落籍《みうけ》したんがどんな奴か、あっしも気になりやす。……およねさん、馳走《ごち》になりやした」

低頭した松吉が、障子を開閉して去っていった。

覚山は松吉に聞いたことを書状にして、中食《ちゅうじき》のあとでたきに笹竹《ささたけ》へとどけさせた。

日暮れのけはいとともに風がでてきた。

暮六ツ（六時）の鐘が鳴った。

空は重たげな雲におおわれていた。覚山は、大小と八角棒を腰にさし、火をいれた小田原提灯の柄を左手でにぎって住まいをでた。

冬の棘《とげ》を隠した宵《よい》の風が顔を刺した。

万松亭に小田原提灯をあずけて見まわりにでる。

堀留にたむろしている者らがいた。かぞえる。六名。いずれも背をむけているが、わずかに横顔が見える者もいる。髷がゆがんでいる。地廻りだ。

入堀を吹いてきた川風がもろにあたる。長着だけでは寒かろうに。手練《てだれ》であれば、油断させて後背をつく。地廻りにそれができるとは思えぬが、覚山はおおきくまわって山本町の入堀通りにはいった。

夜五ツ（八時）の見まわりでも堀留に六名がいた。晩秋の風にさらされてずっとたたずんでいたとも思えぬ。縄暖簾あたりですごすなりして、刻限にあわせてでてきたのであろう。

覚山は、暮六ツとおなじく不意打ちにそなえてとおりすぎた。

山本町入堀通りの柳も晩秋の夜風に震えていた。

はずれに架かるまるみをおびた猪ノ口橋をのぼる。いただきからくだりかけたところで声がした。

「先生《せんせえ》ッ」

ふり返る。

ぶら提灯をさげた男が駆けてくる。

覚山はもどった。

ぶら提灯に〝双葉楼《ふたばろう》〟との屋号がある。料理茶屋双葉楼の若い衆《しゅ》のようだ。

若い衆が立ちどまる。

「先生《せんせえ》、厠で人が死んでおりやす」

「案内《あない》いたせ」

「ありがとうございやす」

双葉楼では、播磨《はりま》の国赤穂《あこう》藩二万石森《もり》家の留守居《るすい》役が三好屋の友助を呼んでつぎの座敷があるのになおしをいれると無理難題をふっかけたことがあった。

ぶら提灯を左手にもちかえた若い衆が、右手で暖簾をわけて待つ。

覚山は、ちいさく顎をひいて土間へはいった。

板間に膝をおっていた女将が、安堵《あんど》の表情になる。

覚山は訊いた。

「自身番屋へは」

「まだにございます。まずは先生にお報《しら》せしてからと」

「あいわかった。見せてもらおう」

「ご案内いたします」

女将が立ちあがる。

覚山は、草履をぬいであがった。

厠のことを、京坂《けいはん》では雪隠《せっちん》といい、江戸では後架《こうか》という。寺子屋《てらこや》も京坂の呼びかたで、江戸は手習所《てならいどころ》である。

ほとんどの料理茶屋では、後架は奥にある。万松亭の後架は庭につきでていて、渡り廊下でむすばれている。猪ノ口橋にちかい山本町の双葉楼は、入堀通りではちいさいほうの料理茶屋だ。

廊下を奥へすすみ、左へおれた廊下の隅に亭主がいた。

「先生、ごくろうさまにございます」

低頭した。

「なかか」

「さようにございます」

「うごかしたり、なにかに触れたりは」

「いいえ。白眼《しろめ》をむいておりました。急病《きゅうやまい》で亡くなったのかもしれず、まずは先生にお見せしてからと呼びにいかせました」

覚山はうなずいた。

廊下のつきあたりが手水場《ちょうずば》で、右に板戸がある。

板戸をあける。

壁にある掛行灯《かけあんどん》からのあかりのなか、男が長着の裾《すそ》をひろげて両脚をなげだし、右の板壁にもたれかかっている。両腕は床にたれさがり、てのひらがうえをむき、頭は右にかしげていた。

一畳半ほどのひろさで、左壁に無双窓があり、男ふたりがならんで小便ができる。正面に大便用の引戸がある。

覚山は、男の左脚をまたいで男にむかい、片膝をついた。

人差し指を鼻のしたにもっていく。

息をしていない。

亭主に顔をむける。

「たしかに死んでおる。何者だ」

亭主が首をふる。

「ぞんじません」

「客のようには見えぬが」

「はい。手前どものお客さまではございません」

「さようか。自身番屋へ報せるがよい。帰りに万松亭へより、拙者がここにいるむねをつたえさせてもらいたい」

「かしこまりました」

亭主が去った。

覚山は、後架からでて板戸をしめた。

すぐに亭主がもどってきた。

覚山はなにがあったのかを訊いた。

亭主と女将がいる一階の内所《ないしょ》には香盤《こうばん》時計がある。

江戸時代は不定時法であり、一刻が二時間なのは春分と秋分の時期だけだ。半刻(春分秋分時間、一時間)や小半刻(三十分)などを知らねばならぬところは香盤時計をもちいた。

よねも半刻の刻限を知るために香盤時計をつかっている。

女将は、香盤時計を見て、刻限まえに座敷へ報せにいく。帰る客と来る客で時の鐘が鳴るころはあわただしい。

それがひと息つきかけたころ、厠へ行った板場の者が見つけたのだった。

「……そこにくぐり戸がございます」

亭主が躰をよこむきにして手でしめした。

庭というほどのひろさはない。おおよそ高さ六尺（約一八〇センチメートル）の板塀にくぐり戸があった。表からの廊下のほぼ正面だ。後架は東北のかどにある。東南かどの敷地すみに、釣瓶《つるべ》井戸が窓からの灯りにうかんでいる。

亭主がつづけた。

「井戸のまえが板場で、路地へのくぐり戸は戸締りするまで閂《かんぬき》をかけておりません。そこの沓脱石に見慣れぬ草履がございます。がまんできずにはいってきて用をたし、いいえ、痛みがあって厠までは行ったが、そのまま倒れ、亡くなってしまったのではありますまいか」

「そうやもしれぬ」

覚山は、雨戸の敷居へ一歩より、沓脱石を見た。

暗くてはっきりせぬが、沓脱石にある下駄や草履はそろえられている。

ふいの腹痛におそわれて後架をかりようとした。ありえなくはない。ならば、履き物は乱れていたのではあるまいか。

「沓脱石の下駄や草履をさわった者は」

「おらぬと思います。すくなくとも手前がここにいるあいだは、誰も沓脱石におりておりませんし、あがってきた者もおりません」

覚山はうなずいた。

「拙者がここにおるゆえ、むこうで町奉行所の役人がくるのを待っていてよいぞ」

「いいえ。それでは申しわけございません。手前もここで待たせていただきます。先生、ご迷惑をおかけいたします」

「あんずるな。拙者の役目だ」

「ありがたくぞんじます」

雲間の星が、冷たい夜に震えている。

小半刻（三十分）はゆうにすぎたころ、廊下を数名の気配がちかづいてきた。廊下のかどから浅井駿介、仙次、手先らがあらわれた。ふたりが戸板をもっている。

駿介が亭主を見た。

「客かい」

「お客ではございません」

「そうか。まずはあらためさせてくんな」

覚山はわきへよった。駿介が、板戸のまえに立ち、あけた。

「もっと灯りがほしいな」

亭主がこたえる。

「すぐにおもちいたします」

足早に去った亭主が、火をともした手燭《てしょく》を二本もってもどってきた。仙次がうけとり、後架へはいった。

駿介がなかへ行く。

すこしして、駿介の声がした。

「そいつをおいて、先生《せんせえ》にきてもらいな」

「へい」

仙次がでてきた。

覚山は、仙次といれかわってなかへはいった。

身をかがめたまま、駿介が大便のほうの板壁へよる。

死骸は襟がひろげられ、左胸に頭ちかくまで釘《くぎ》が埋まっていた。覚山は、死骸の左脚をまたぎ、鐺《こじり》が床につかぬように刀の柄《つか》をさげてかがんだ。

「ずいぶん太い釘にござりますが」

「たぶん、五寸釘だ。ちょうど指の幅ぶんほど頭がでてる。こういうことだろうよ。壁に押しつけて左手で口をふさぐ。右手の人差し指と中指とのあいだか、中指と薬指とのあいだに釘をはさんで胸に突き刺し、押しこむ。心の臓を一突き。見てのとおり、釘を抜いてねえから血はにじむくれえだ」

「釘で殺《あや》める。驚きました」

「ああ。おいらもはじめて見た」

「死んで力が抜けたので尻餅《しりもち》をつかせ、裾と襟をなおした。血は流れておらず、長着にも乱れはなかったゆえ、亭主は急病で亡くなったのではと思った。おちついておりまする」

「巾着《きんちゃく》がねえ。強盗もありうる。得物が釘ってのは聞いたことがねえが、やりようを変えたってこともある」

「もしくは、恨み」

「それもある。けど、なんで厠なんだ。客でもねえのに、こいつは、ここでなにしてたんだ」

覚山は首をふった。

駿介が立ちあがった。

「ごくろうだったな。おめえさんはもういいぜ」

覚山は、腰をあげて後架をでた。

つづいた駿介が言った。

「仙次、死骸《ほとけ》を自身番へはこばせな。おいらとおめえは御番所だ」

「わかりやした」

「亭主、店《たな》の者《もん》、客、芸者、今宵出入りしたのをのこらず書いといてくんな。明日《あす》の朝、話を聞きにくる」

双葉楼から入堀通りへでたところで、覚山は駿介らと別れた。

三

二十二日の昼まえに三吉がきた。

暮六ツ（六時）の見まわりのあと、柴田喜平次と浅井駿介が待っているので八方庵《はっぽうあん》にきてほしいという。

覚山は承知し、そのむねをよねに告げた。

八方庵は、大通りから山本町の入堀通りにはいって四軒めにある蕎麦《そば》屋だ。暮六ツの見まわりをおえた覚山は、名無し橋をわたって八方庵へ行った。

暖簾をわけ、腰高障子をあけて土間にはいる。

土間には畳一畳の腰掛台が三脚あり、階《きざはし》のしたに奥行半畳の小上《こあ》がりがある。腰掛台の二脚に客がいて、弥助と仙次が小上がりにいた。

ふたりがちいさく辞儀をし、腰をあげた弥助が、階の上がり口へ行き、おみえになりやしたと二階に声をかけた。

覚山は、草履をぬいで階をあがった。

二階には二部屋ある。

通りにめんした六畳間の襖があけられた。

いつものように壁を背にして、窓よりに柴田喜平次が、廊下よりに浅井駿介がいた。覚山は、ふたりのなかほどで壁を背にして膝をおった。

女房のとくが食膳をもってきた。年齢《とし》は四十くらいだ。亭主の富造《とみぞう》は、かつて下っ引であった。万松亭の長兵衛さえ知らないはずだと言って、喜平次が教えてくれた。

とくが酌をし、廊下にでて襖をしめた。

喜平次が言った。

「まずはおいらからだ。文をありがとよ。おめえさんも書いてたように、たまたまかもしれねえが気になる。で、さぐらせた」

小網町三丁目の塩問屋住吉屋の主の名は宗兵衛《そうべえ》、四十歳。北新堀町の船問屋恵比寿《えびす》屋の主信左衛門《しんざえもん》は実の弟。信左衛門の義理の父親が海辺新田で不可解な死にかたをした信兵衛《しんべえ》である。

「……おもしれえことがある。置屋は客についてしゃべりたがらねえ。ましてや落籍《みうけ》話のあいてとなればなおさらだ。手先じゃあらちがあかねえかもしれねえんで、三好屋へ行った。おめえさん、双葉楼で赤穂の留守居役をとっちめたことがあったろう」

「ございました。四月のなかばごろだったように思いまする」

「十八日だ。厠で殺された奴については、あとで駿介が話す。おめえさん、留守居がらみや武家のみの座敷はことわったほうがいいって言ったそうだな」

覚山は首肯《しゅこう》した。

「たしかにそのように申しました。向島《むこうじま》あたりの寮に呼ばれるのもことわったほうがよいとつけくわえたように憶えておりまする」

喜平次がうなずく。

「赤穂っていやあ、いまだに潰れた浅野《あさの》家だ。高輪《たかなわ》の泉岳寺《せんがくじ》は参詣《さんけい》客で門前が繁盛してる。まあ、それもあるんだろうが、どうもそれだけじゃなく、森家の井上《いのうえ》って留守居はあんましよく思われてねえみてえだ」

このような噂はひろまるのがはやい。とくに塩問屋仲間にはあまねく知れわたったようだ。

大大名家留守居の不始末であれば、塩問屋仲間もはばかる。だが、森家は二万石の小大名家である。それでも、留守居仲間で重きをなしているならおろそかにはできない。あるいは、徳望があれば遠慮したろう。

塩問屋がらみの座敷に、友助は名指しで呼ばれるようになった。留守居が、みずから座敷をとって呼んだ芸者はどれほどの美形なのか。その興味からであろうが、森家留守居がかろんじられていることをもしめしている。

そんな初夏四月下旬にあった塩問屋仲間の寄合で、住吉屋宗兵衛は友助が気にいったようであった。

「……問屋仲間ったって、それぞれの思惑がある。塩にしたって赤穂の専売ってわけじゃねえしな。まあ、それはいい。住吉屋のほかにも友助をひいきにする者《もん》がいた。仲間うちでの張合《はりえ》えか、井上って留守居の鼻をあかしてえからかもしれねえ。三好屋として気になるんは友助の人気がほんもんかってことだ。いっときの流行《はやり》で、じきに下火になるんじゃねえか。ほかにも心配《しんぺえ》ごとがあった。おめえさんに言われ、友助はことわる座敷がある」

留守居役は料理茶屋にとってだいじな客筋である。事情《わけ》を知れば、留守居がらみの座敷をことわるのもやむをえないと納得する。だが、それは表向きであって内心はどうか。留守居すべてがおなじではない。

それに、酒に酔っていましばらく飲みたいと言っただけではないか。乱暴狼藉《ろうぜき》をはたらいたわけではあるまい。

おもしろからず思うであろうし、ならば呼ばねばよいということになっていく。

深川だけでなく向島の料理茶屋や商家の寮での座敷もことわっている。いまはまだ人気があるからよい。しかし、つづけば、声をかけづらいとの評判になってしまう。

「……というわけで、七月のすえに落籍《みうけ》話がもちあがり、八月のすえにまとまったらしい」

「座敷をことわったほうがよいと申したは、よけいな口出しだったのやもしれませぬ。浅慮にござりました」

「そうでもねえさ。おいらでもそう言ったろうよ。あとになって悔やむより用心したほうがいい。気にすることはねえよ。それよか、友助はあんましのり気でなかったそうだ。けど、酷な言いようをすれば、疵物《きずもん》になりかけてる。あいては日本橋小網町に表店《おもてだな》をかまえる塩問屋の主だ。売りどきをのがしたくねえ三好屋にとっちゃあ悪い話じゃねえ。承知させますって住吉屋にこてえた。だから友助が承知するめえに、住吉屋は八右衛門新田の寮を見にいき、持ち主の百姓と借りる相談をしてる」

寮は日本橋室町《むろまち》二丁目の紙問屋が借りていたが、この晩春三月からは空家になっていた。

住吉屋宗兵衛が百姓をたずねたのは仲夏八月十七日。借りることになると思うがいつからかがまだわからない。きまれば、すぐに大工をいれて畳替えなどをやってもらう。それでよければということで手付を打っている。

晩秋九月になって手代を使いにたてて証文などのてはずをととのえ、七日に宗兵衛がでむいている。そして十日から大工がはいった。

「……というしでえなんだ。宗兵衛のこれまでの女遊びはどうなのか。寮をもつんはこれがはじめてか。商売《しょうべえ》をふくめて内証《ないしょう》はどうなのか。そういったことをさぐらせてる。落籍《みうけ》金のみで二百両。祝儀や寮の借り賃、家財道具もそろえなくちゃあならねえ。もろもろで三百くれえはかかるんじゃねえかな」

喜平次が、諸白《もろはく》をついで喉《のど》をうるおし、杯をおいてつづけた。

「宗兵衛が友助を見初《みそ》めたんが四月下旬。落籍《みうけ》をもちだしたんが七月下旬。八月中旬には八右衛門新田の寮を借りる算段をしてる。三好屋としても、友助の人気がいつまでつづくかわからねえし、年齢《とし》を考《かんげ》えればはやすぎるってことはねえ。そいつはいいんだが、八月二十六日に店子《たなこ》の妾《めかけ》と死んでた信兵衛のことで、宗兵衛は弟の恵比寿屋信左衛門をけしかけてる。おめえさん、文には書いてなかったが、そこにひっかかっただろう」

覚山はうなずいた。

「もしやとは思いました。しかしながら、思惑《おもわく》はともあれ、住吉屋宗兵衛が弟の恵比寿屋信左衛門に申し聞かせ、信兵衛の葬儀をなさんとしたは、人の道であり、道理であるとぞんじまする。それに、両替屋の石倉屋から聞くまで恵比寿屋信左衛門は信兵衛の財産について知らなかった。にもかかわらず兄の住吉屋宗兵衛は知っていたとなると、どこか釈然としませせぬ」

「ああ。おいらも、恵比寿屋の主である弟の信左衛門が知らねえんなら兄の住吉屋宗兵衛が知ってるわけがねえってきめつけてしまった。さっきも言ったが、住吉屋の内証をさぐらせている。次男の信左衛門に継がせるさいに恵比寿屋の借銀を皆済《かいさい》してるしな、ぞんがい火の車かもしれねえ。わずか三ヵ月で落籍《みうけ》話をしてるんは、友助をてめえのもんにしたくなったからだ」

「筋道はとおっておりまする。弟の信左衛門が信兵衛の財産を継げば、立て替えた借銀のぶんがいかほどかぞんじませせぬが、数百両、いや、はんぶんの千両あまりを手にすることがかなう。信兵衛殺しで恵比寿屋信左衛門に疑いの眼がむけられても、住吉屋宗兵衛を疑う者はおりますまい」

「そういうこった。殺しでまちげえねえと思うんだが、色狂いした信兵衛がしまを殺し、みずからの首を切ったってのもありえなくはねえ。信兵衛と住吉屋とをむすぶ糸がねえか、さぐらせる。いっぽうで、しまがらみってのも考《かんげ》えておかねえと。この一件、まだどっちに転ぶかわからねえ。おいらのほうはこんなとこだ。……駿介」

浅井駿介が、喜平次にかるく会釈して、顔をもどした。

表情がひきしまる。

「双葉楼の厠で殺されてた者《もん》の身もとがわかった。名は安次《やすじ》、三十五歳。堅気《かたぎ》には見えなかったんで、背恰好でこころあたりを訊いたら、神田を持ち場にしてる定町廻りの手先が知ってた」

住まいは馬喰町《ばくろちょう》二丁目の裏長屋で、独り身。

両国《りょうごく》橋まで三町（約三二七メートル）ほどの馬喰町は旅人宿《りょじんやど》がおおい。両国橋西広《ひろ》小路《こうじ》は、上野《うえの》山下《やました》、浅草寺《せんそうじ》奥山《おくやま》とならぶ盛り場である。

銭がない者や旅籠《はたご》代をおさえたい者は、江戸はずれの木《き》賃《ちん》宿に泊まる。懐具合にゆとりがある者は、馬喰町の旅籠に草鞋《わらじ》を脱ぐ。

「……田舎者《いなかもん》だと価《あたい》をふっかけられたり、難癖《なんくせ》をつけられたりする。そういっためんどうにまきこまれねえように、旅籠で案内人《あんねえにん》を世話する。名所や旨い食いもん屋、江戸土産の買いもんなんかにつきあう。馬喰町にはそれを生業《なりわい》にしてる者《もん》がいて、安次もそのひとりだ」

じょうずに遊ばせれば、客は決められた手間賃のほかに祝儀をはずむ。なにか厄介事があっても、旅籠は案内人を世話しただけだと言い逃れができる。

「……たのまれれば、女の世話もする。吉原《よしわら》や岡場所なんかでも案内《あんねえ》がいればふっかけられずにすむ。さらに、素人の後家《ごけ》だと喜ばれるようだ。賭場《とば》も、有り金のこらずなんてことにならねえようにしてる。旅籠賃が払えねえとこまるからな。つまり、江戸の表だけでなく裏も知ってる。安次をつかってた旅籠に客との揉《も》め事はなかったかを訊かせ、案内《あんねえ》仲間もあたらせてる。どうしてえ、なんか気になるんなら、遠慮しねえでくんな」

「ただいまふと頭にうかんだにすぎませぬが、料理茶屋の座敷に芸者を呼ぶというのもありえましょうか」

駿介が顎《あご》をひく。

「案内人《あんねえにん》が何名《なんめえ》ってことで座敷をとってつれてくる。終わるころに迎えにくる。くわしくはおよねに訊いてもらいてえが、芸者は大年増に見習や売れてねえのがつく。置屋にとっても、江戸見物の旅籠客は口うるさくねえんでよろこばれる。双葉楼にもたまにそういった客がある。だが、旅籠の屋号で座敷をとるんで、案内人《あんねえにん》が名のることはねえそうだ。安次が客をともなったことがあるかもしれねえが、亭主も女将も憶えてねえってことだった」

「つまり、双葉楼にきたことがあり、後架がどこにあるか知っていたのもありうる」

「そういうことだ。もうひとつ。五寸釘だが、ふつうのもんより先を尖《とが》らせてあった。五寸釘を棒手裏剣のように打つ遊びがある。板に目印をつけて打ち、いちばんちけえのが小銭を総取りにするって賭けもある。そんなところかな」

覚山は、喜平次に訊いた。

「失礼してもよろしいでしょうか」

「ああ、かまわねえよ」

覚山は、駿介にもかるく低頭して脇の刀と八角棒をとった。

住まいにもどり、刀と八角棒を刀掛けにおき、袴《はかま》をぬがずに膝をおった。酒はほとんど口にしていないが、それでもよねがいつものように酔いざましの熱い茶をもってきた。

茶を喫して茶碗をおいた覚山は、双葉楼で殺されたのが馬喰町に住まいする江戸見物客の案内人で安次という名だと告げた。

よねも見習のころからいくたびか座敷にでたことはある。だが、案内人に会ったことはないとのことであった。

深川の門前仲町かいわいが江戸一の花街《かがい》である。だから江戸見物の客もくるが、座敷はむしろ、馬喰町からちかい柳橋《やなぎばし》や薬研堀《やげんぼり》、あるいは吉原をひかえた山谷《さんや》のほうがおおいのではなかろうか。

覚山は、なるほどなとこたえ、夜五ツ（八時）の鐘が鳴ったので見まわりにでた。

翌二十三日の朝、晩秋のすみきった青空に白い綿雲がぽかりぽかりと浮かぶのどかなひとときを、いつものけたたましさがやぶった。

庭のくぐり戸があけられ、松吉の声がはずんだ。

「おはようございやす。松吉でやす。おじゃまさせていただきやす」

よねが、立ちあがって縁側の障子をあけてもどった。

松吉が沓脱石のところにきた。

「おあがりなさいな」

よねが言った。

「へい。ありがとうございやす」

沓脱石にあがって濡れ縁に腰かけた松吉が、懐からだした手拭で足袋の埃をはらって手拭を懐にしまった。腰をあげてふりかえり、ちいさく低頭して濡れ縁にあがった。

　敷居をまたいで障子をしめ、膝をおる。

「およねさん、今朝はいちだんと綺麗《きれえ》でやす。二十三日でやすから、二十三歳ということでひとつよろしくお願《ねげ》えしやす」

「おや、元気になったようだね。いいことがあったのかい」

「なんでわかるんでやす」

「そりゃあ、松吉は正直者だから」

厨の板戸が開閉した。声をかけたたきが襖をあけた。

「おたぁきちゃぁぁぁん」

首をのばした松吉が、鶏冠《とさか》ならぬ喉仏をふるわせる。

唇をひきむすんだたきがうつむきかげんにすすみ、膝をおって松吉のまえに茶托と茶碗をおいた。

「おたきちゃんが淹《い》れてくれたお茶を飲むたんびに、生きててよかったってしんそこ思うよ。こねえだも言ったが、あと何年か十五のまんまでいいからな。こっちも、歳笑うまいとこらえているたきが、盆を手にとり、一礼して立ちあがった。

廊下にでたたきが、襖をしめて厨へ去った。

覚山は言った。

「よほどにうれしいことがあったようだな。付け文でももらったか」

松吉が眼をまるくする。

「先生《せんせえ》、そんな、そんな夢みてえなことがあったんなら、ここにはいやせん。家で付け文ながめてるか、熱だして寝こんでやす」

「では、なにがあった」

「付け文じゃありやせんが、昨夜《ゆうべ》、友助から手拭をもらいやした。お客を送って入堀までもどってきたら、お座敷は二十五日までだから、もう会えないかもしれない、よかったらもらってってって手拭わたされやした。別嬪の手拭は匂いまで別嬪で、うっとりしやす」

「そうか。よかったな」

「へい。金花焔玉《きんかえんぎよく》、キンのタマタマさまとかさねて神棚にそなえてありやす。去る者《もん》は日々にうっとうしい。五月《さつき》の長雨じゃあるめえし、いつまでも未練たらたらじゃあ男がたちやせん。すっきり、きっぱりあきらめてこそ男ってもんで」

「あのな」

「わかってやす、わかっておりやす。男をたたせるんは夜だけにして、朝っぱらはひかえろっておっしゃりてえんでやしょう。あっしに断りもなくおっ立つこともありやすが、そっちの男はできるだけそうしてえと思っておりやす」

よねが眼をふせている。

「そうではない。〝うっとうしい〟ではなく〝うとし〟だ」

「えっ。どうちがうんで」

「うとしは、そうだな、うすらいでいく、忘れていくってことかな。もとは〝去る者は日々に以《もっ》て疎く、来《きた》る者は日々に以て親しむ〟だ。去る者はしだいに忘れられ、くる者は会うごとに親しくなるってことだ」

「へえ、そうなんで。ひとつかしこくなりやした。先生《せんせえ》からいろいろ教わり、あっしもなんか、しでえに知恵がついてきてるような気がしやす。玉次も、金花焔玉、金の花、まっ赤な玉《ぎょく》のように綺麗《きれえ》だって言うと、顔を赭《あか》くしてよろこんでくれやす」

「おまえ、いま、友助の話をしておったではないか」

「友助は友助、玉次は玉次、おたきちゃんはおたきちゃん。それぞれ、いちずに想っておりやす」

「そういうものか」

「先生《せんせえ》にはおよねさんがおられやす。友助はほかの奴にとられてしまいやした。玉次やおたきちゃんまでもっていかれねえようにしねえとなりやせん」

「せいぜいがんばるがよい」

「ありがとうございやす。先生《せんせえ》、金花焰玉、キンのタマタマさまは友助にもやさしくしてもらってご利益がありやすが、あっしにもなにかひとつ心が晴れ晴れするようなもんを書いていただけねえでやしょうか」

覚山はほほえんだ。

「よかろう」

文机《ふづくえ》のまえにうつった覚山は、硯箱《すずりばこ》をあけて墨を摺《す》りながら思案した。

そして、半紙に〝晴雲秋月〟としたためた。

墨が乾くまで待ち、もどる。半紙をおいて言った。

「〝せいうんしゅうげつ〟と読む。晴雲秋月の塵埃《じんあい》到らざる如《ごと》し。青空高く浮かぶ白い雲や、秋の名月に、世間の埃がとどくことはない。心をすがすがしく美しくたもてということだ」

「男であるからには、キンのタマタマさまは命のつぎに大事《でえじ》でやすが、こいつは、なんか、えれえいい気分で。胸いっぱいに息を吸えば、飛んじまうことさえできそうな気がしやす」

「飛ぶのはかまわぬが、足をふみはずして入堀に落ちたりするでないぞ」

「冗談はやめておくんなさい。船頭が川に落ちて溺れたなんてしゃれにもなりやせん。四つにおってもかまわねえでやしょうか」

「ああ、かまわぬ」

松吉が、半紙を四つ折にして懐にしまう。

「有川《ありかわ》で旦那にお断りしてからちょっくら長屋へめえり、神棚にお供えしやす。ところで、先生《せんせえ》。友助を落籍《みうけ》した塩問屋の住吉屋が座敷を二十五日までじゃなく二十日《はつか》ごろまでにできねえかって無理言って三好屋をこまらせたそうで。てめえのもんになってきまったんならほかの奴の座敷にはだしたくねえ。気持ちはわからなくはねえんでやすが、そこをぐっとこらえ、女に恥をかかさねえようにするんが男の見栄ってもんで。三好屋も、これまでひいきにしていただいたお礼もございますんでってことわったそうでやす」

「ふむ、そのようなことがあったのか。たしかに、おのが評判をおとすだけだと思うがな。もっとも、おまえが申すごとく、それが惚れるということやもしれぬ。話は変わるが、双葉楼の後架で殺しがあったはぞんじておろう」

「へい。五寸釘で胸を一突きされてたそうで」

「殺されたのが何者かぞんじておるか」

「馬喰町の案内人《あんねえにん》だそうで。あっしもたまにのっけることがありやす。ちゃんと馬喰町の旅籠をとおした者《もん》はあんまし阿漕《あこぎ》なまねはしねえそうでやすが、どっちにしろ堅気《かたぎ》じゃありやせん。あっしは賭け事は嫌《きれ》えでやすからしやせんが、板に的《まと》のばってんを描いて、四文銭《しもんせん》をだしあって、五寸釘を的のいちばんちかくに立てた者《もん》が総取りって遊びはてすさびにそこいらでやっておりやす。四人でやれば、屋台《やてえ》の蕎麦代になりやす」

「ほう」

松吉がうなずく。

「またなんか耳にしやしたらお話ししにめえりやす。……およねさん、馳走《ごち》になりやした」

かるく低頭した松吉が腰をあげ、障子をあけて濡れ縁から沓脱石におり、ふり返って一礼し、障子をしめて去っていった。

四

翌二十四日は小雨もようで、二十五日はいまにもふりだしそうな灰色の雲が江戸の空をおおった。夕刻からは冬の棘をふくんだ冷たい風が音をたてた。

その風が、雲を吹きはらったようであった。

二十六日は快晴であった。

湯屋からもどり、よねにてつだってもらってきがえた覚山は、腰に大小だけをさして住まいをあとにした。

一ノ鳥居がある大通りを西へむかい、永代橋《えいたい》で大川をわたった。永久橋《えいきゆう》で箱崎川をこえて上流へ足をむけ、川口橋《かわぐち》をすぎて浜町川《はまちよう》ぞいを西へ行く。

そこからさきは、よねもくわしくなかった。

覚山は、自身番屋でたしかめ、馬喰町《ばくろちよう》の通りへはいった。

通りは旅籠が軒をつらねていた。

馬喰町の通りをぬける。正面に神田川《かんだ》に架かる浅草《あさくさ》御門があった。浅草御門から上流に、柳をうえた柳原土手《やなぎわらどて》がつづく。土手ぞいには、屋台や床見世《とこみせ》がならんでいる。

通りを東へすすむ。

両国橋はすぐであった。

覚山は思った。

なるほどこれはちかい。江戸見物の者が、山谷の料理茶屋へ行くのは吉原があるからだという。柳橋や薬研堀の料理茶屋からなら旅籠まで歩いて帰れる。あえて深川へ行くのは、江戸芸者といえば辰巳《たつみ》芸者との評判からであろう。

覚山は、両国橋をわたって住まいにもどった。

昼まえに三吉がきた。夕七ツ（四時）すぎに柴田喜平次がたずねたいとのことであった。覚山は、お待ちしておりますと告げ、よねにつたえた。

夕七ツの鐘からほどなくして戸口の格子戸がひかれ、弥助がおとないをいれた。

覚山は、迎えにいき、ふたりを客間に招じいれた。

よねとたきが食膳をはこんできて、よねが喜平次から酌をしているあいだに、たきが弥助の食膳をもってきた。よねが弥助にも酌をし、襖をしめて去った。

喜平次が言った。

「海辺新田の件があったんが、先月の二十六日。ひと月もたったのに、いまだに殺しかどうかさえわからねえ」

「お察しいたしまする」

喜平次が、吐息をこぼして、ほほえんだ。

「おめえさんに知っておいてもらいてえことがある。万松亭の長兵衛から多少は聞いてるかもしれねえが、ここだけの話ってことにしてくんな。いいかい」

「かしこまりました」

「おいらたち町方《まちかた》は微禄《びろく》だ。それが内職もせずに食っていけるのは付け届けがあるからだ。ひとつが大名家。これは家臣が町家で不始末をしでかしたさいのためだ。大名家からの付け届けは金子《きんす》や名産品をふくめてすべて年番方であずかる。また、大名家によっては、懇意の与力として八丁堀の与力宅までとどけにくる。が、それらもすべて年番方へうかがいをたてる」

同心では、定町廻りがもっとも付け届けを受ける。

半期ごとに、持ち場の町家から金子を見まわりの途次でわたされる。御番所へ年番方をたずねるのではなく定町廻りにじかにわたすのは、これまでとおなじようによろしくお願いいたします、との意味合いがある。八丁堀の組屋敷に謝礼などが届けられることもある。これらもすべて年番方の判断をあおぐ。

与力と同心の年番方は、品物は献残屋《けんざんや》（買取屋）に売り、与力と同心との配分を決め、小者にいたるまで金子がいきわたるようにする。

同心でもっとも多く頂戴するのが、うえから順に定町廻り、臨時廻り、隠密廻りの三廻りである。それぞれに多くの手先をかかえ、あるいはつかっているからだ。

それらの付け届けを、まちがっても着服する不心得者はいない。

おのれがさいわいにも定町廻りの役目にあるとしよう。倅《せがれ》がおなじ役目につけるとはかぎらない。むしろ、才覚があっても、父親がそのような不心得をおこした者なら、閑職につかされる。

そうすることによって、御番所ないにおける妬《ねた》みややっかみなどを抑えている。

「……いいかい。強請《ゆすり》たかりじゃねえ。大名家とも町家とも、御番所は相身互いのあいだなんだ。さて、肝腎なのはここからだ」

だから、定町廻りはちょっとした諍《いさか》いなら内済《ないさい》でおさめさせる。そして、罪のない者に縄を打ったりしないよう細心の注意をはらう。

定町廻りが南北あわせて十二名。臨時廻りも十二名。わずか二十四名で江戸の安寧《あんねい》をたもたねばならない。

「……いまも言ったが、たったの二十四名じゃあ、札付や掏摸《すり》といった小悪党まで眼をくばることができねえ。だから、盛り場や花街、岡場所の周辺には地廻りがいる。

ついでに、火盗改《かとうあらため》についても話しておこう」

火附盗賊改《ひつけとうぞくあらため》は、先手《さきて》組の加役（兼務）である。役目にあるのも二、三年だ。見習のころから教えこまれる八丁堀とちがって、探索なども素人である。したがって、蛇《じや》の道は蛇《へび》とばかりに小悪党を手先としてつかう。八丁堀ではあいてにしてもらえない者らも火附盗賊改方与力同心の手先になる。

加役であるからして役目を出世の足掛りくらいにしか考えていない。だからめったやたらとお縄にする。そして責め、白状せねば小伝馬町《こでんまちよう》の牢屋敷に放りこむ。あわてた身内や大家（家主）が、町役人《ちようやくにん》をともなって御番所や定町廻りに訴える。

牢屋敷では、新入りはむごいめに遭う。

御番所ではさっそくにも調べ、貶《おとし》めるための告げ口であったり、そぶりがいささか怪しいだけだったりなどこれといって罪のけはいがなければすぐさま放免する。

このあたりも、町家が御番所をたよりにしているゆえんである。

「……海辺新田の奥に住んでるのは女ばかりだ。江戸ではこう言われている。女はふとしたはずみで身投げをする。だから、ひきとめるか、助けて事情《わけ》を聞く。男は覚悟のうえだから見て見ぬふりをしてちゃんと死なせてやる」

覚山はほほえんだ。

「殿が拙者に門前仲町住まいをお申しつけになられたは、書物ばかりでなく、生きた世間を学べとのお心からだと拝察いたしておりまする。町奉行所ないのことまでおもらしいただき、お礼を申しまする」

「つまり、女、しかも囲い者があいてとなるとうかつなことができねえ。御番所に眼えつけられてるって噂になり、旦那に縁切りされるか男らがちかよらなくなって、生きていく目処《めど》がたたずに身投げ。おいらとしてはもっとも避けてえところよ。まどろっこしいが、なんか手懸りがつかめるまでは気づかれぬようさぐっていくしかねえ。ところで、柳橋と薬研堀を持ち場にしてた臨時廻りどのが、置屋に七十すぎのもと女将がいて、亡くなったとは聞いてねえから会いにいってみるがいいと言われた。翌日、見まわりを年番方にお願《ねが》えして臨時廻りにかわってもらい、会いにいった」

芸者は、置屋と通り名がわからないと、じつの名からではたどりにくい。

海辺新田に妾に貸している家が四軒あるがなにか知ってることはないかと訊くと、置屋の老女は、ああ、そういえば、と遠くを見る眼になった。

どこの置屋のなんていう妓《こ》だったかは忘れたけど、日本橋の両替屋が落籍して横川《よこ》にちかい元加賀町《もとかがちょう》に家を建て、囲ったって話を聞いたことがある。

それだけなら驚きはない。向島《むこうじま》なりに地所を借りて家を建て、妾を囲うのはよくあることだ。

その囲われた妓が、旦那がきてくれない日はさびしいからと、裏にさらに四軒の住まいを建てさせ、おなじく囲い者の元柳橋芸者らに安く貸すようになったという。さすがは日本橋の両替屋と評判になったが、いつしかそれも忘れられてしまった。

「……ものごとがうごきだすとこういうもんだが、信兵衛宅の南裏を昨年の仲秋八月に借りたはつは両国橋西広小路の米沢町《よねざわちょう》二丁目の置屋花沢《はなざわ》屋の豆菊《まめぎく》だってのがわかった。霊岸島新浜町《れいがんじましんはまちょう》の瀬戸物問屋が落籍《みうけ》した。さりげなくあたらせてみたが、これといってひっかかるものはねえ。だから、はつははずしていいように思う」

覚山は言った。

「今朝、馬喰町を見にまいりました。柳橋や薬研堀からなら歩いて旅籠に帰れます。江戸芸者なら辰巳芸者、あるいはあとで女を抱きたいので山谷堀。しかしながら、客よりこれといって求めもなく、料理茶屋で芸者に座敷をかけて一献ということであれば、柳橋や薬研堀にしたのではありますまいか。案内人の安次は、山谷堀や深川より柳橋や薬研堀のほうがくわしかったのでは」

「そうだろうな。それで」

「四日まえに八方庵でお会いしたおり、浅井どのはたしかこのように仰《おお》せにござりました。たのまれれば女の世話もする、吉原や岡場所も案内人がいればふっかけたりしない、さらに、素人の後家だと喜ばれるようだ、と」

喜平次が、眉根《まゆね》に縦皺《たてじわ》をきざむ。

ややあった。

「駿介は、案内人《あんねえにん》どうしの諍いや揉め事で殺されたんだろうって考《かんげ》えてる。おいらも、そんなところじゃねえかって思ってた。海辺新田に安次がからんでるかもしれねえわけか」

「柳橋がらみでの思いつきにすぎませぬ」

「使いをたて、今宵、八丁堀の居酒屋で駿介と会うことにする。ありがとよ。なんか思いついたら、遠慮せずに話してもらいてえ」

喜平次がよこの刀をとった。

覚山は、戸口で膝をおり、あわただしく去っていくふたりを見送った。

夕餉をすませてきがえ、暮六ツ（六時）の捨て鐘で、刀に刃引の脇差、樫《かし》の八角棒を腰に住まいをでた。

路地を南へ行くと、はるか相模《さがみ》の空が荘厳《そうごん》な茜色《あかねいろ》に染められていた。そして、下総《しもうさ》からは、夜がしのびやかに迫りつつあった。

入堀通りは、暮六ツの鐘のまえに朱塗りの常夜灯にあかりをともす。

座敷のある料理茶屋へむかう芸者らが、左褄《ひだりづま》をとり、いそいでいる。年増芸者は、三味線箱をかかえた若い衆《しゅ》をしたがえている。

晩秋下旬もなかばすぎ、川面《かわも》を吹いてくる風は冷たく、柳の葉もふるえていた。

堀留に、七、八名ほどの人影がある。

おぼろげだった恰好がしだいにはっきりしてきた。長着の着流しに、襟は胸をはだけぎみにし、いちょうに髷をゆがめている。

地廻りだ。八名。

入堀通りをゆきかう者も、大通りをゆきかう者も、難を避けるべくとおまわりをしている。

覚山は、しずかに息をすって、ゆっくりとはきだした。

料理茶屋が軒をつらねる入堀通りは、地廻りにとって恰好の縄張だ。

以前は門前町《もんぜんちょう》の為助《ためすけ》一家が縄張にしていた。

覚山が入堀通りの用心棒をひきうけて為助一家を追いはらうと、三十三間堂まえ入《いり》船町《ふねちょう》の権造《ごんぞう》一家と寺町《てらまち》うら蛤《はまぐりちょう》町の三五郎《さんごろう》一家とがちょっかいをだすようになった。

すると、為助一家もかつての縄張を失うまいとのけはいをみせだした。

為助一家が子分が多く、権造一家と三五郎一家がおなじくらいだという。

賭場の用心棒を刺客として待ち伏せさせることもあったが、覚山が南北両町奉行所の定町廻りと昵懇《じっこん》だと知ると、刺客はすくなくなった。

だが、とりあえずはひかえているというだけであってあきらめたわけではあるまい。

地廻りどもは、覚山が刀を抜かず、八角棒であいてすることを知っている。つまり、喧嘩をふっかけても命を失うことはない。

さんざん痛いめに遭っているが、それでも、覚山に疵《きず》なりをおわせることがかなえば入堀通りの縄張争いでほかの一家に先んずることができる。

若いのが男をあげんと、あるいは親分に命じられて、想いだしたように挑みつづけている。

地廻り八名が、堀留から入堀通りにはいってきて、よこにひろがった。

なかほどの三十すぎがわめいた。

「やい。儒者だか学者だかしらねえが、邪魔なんだよ。とっとと国へ帰《けえ》りやがれ」

覚山は、立ちどまり、肩幅の自然体《じねんたい》に両足をひらいた。

「そうはゆかぬ。門前仲町には住まいがある。それより、無礼な口のききようをするでない。ただではおかぬぞ」

「やかましいッ。やっちまえッ」

八名が、いっせいに懐から匕首を抜く。

三十すぎが、左手を柄頭《つかがしら》にあてて腰だめにし、突っこんできた。

体当たりを狙っている。

度胸は認める。だが、剣術と喧嘩とでは雲泥《うんでい》の差がある。構えからして隙《すき》だらけである。

静から動。

腰から八角棒を抜いた覚山は、踏みこみ、突っこんでくる三十すぎの額に痛撃をみまった。

——ポカッ。

三十すぎが、顔をゆがめて眼をとじ、匕首を落とした。

左右、正面から匕首を突きだし、とびこんでくる。ことごとく右手首に痛打をくわえて匕首を落とし、額を打つ。

——ポカッ。

あまりの痛みに頭がふらつき、立っていられない。

三名、四名、五名、六名、七名、八名。逃げだす者はいない。おそらくは親分に命じられてであろう。

離れたところで見ていた船頭や駕籠舁が感嘆の声をあげた。

「先生《せんせえ》、すげえや。あっというまに八名ものしちまった」

覚山は、見まわりをつづけ、万松亭で小田原提灯をもらって住まいにもどった。

夜五ツ（八時）の見まわりはなにごともなかった。

この年の晩秋九月は小の月で二十九日が晦日である。

朝の稽古にきたよねの弟子が、友助が三好屋の女将や若い衆《しゅ》らとともに屋根船で小名木川の住まいにむかったそうですと話していたと、中食のおりに聞いた。

あらためて住まいの掃除をして、夕餉をととのえ、旦那を待つ。むろん、そのまえに女将と若い衆らは迎えの屋根船で帰る。

この日の空は、松吉を思ってか薄曇りであった。

第三章　法要

一

初冬十月朔日《ついたち》。

昼まえに三吉がきた。柴田喜平次と浅井駿介とが蕎麦《そば》屋の八方庵《はっぽうあん》で待っているので、暮六ツ（冬至時間、五時）の見まわりがすんだらきてほしいとのことであった。

覚山は、承知し、よねにつたえた。

暮六ツの見まわりにでると、堀留に若い地廻りが三名いた。睨《にら》みつけると、顔をそらした。

油《あぶら》堀との境に架かる猪《い》ノ口《くち》橋をわたって万松亭に行く。

内所《ないしょ》からでてきた長兵衛に、柴田喜平次と浅井駿介のふたりが八方庵で待っているので、なにかあれば報せてほしいと告げ、小田原提灯《おだわらぢょうちん》をうけとった。

名無し橋をわたり、八方庵に行った。

暖簾《のれん》をわけ、腰高障子をあける。

客はわずかだった。つぶれることはなかろうが、苦しいにちがいない。以前は看板娘がいたが、火事で死んでしまった。

よい娘が見つからねば、来春三月の出代《でがわ》りまで待つしかない。

階《きざはし》したの小上がりに腰かけていた弥助と仙次《せんじ》がぺこりと辞儀をした。弥助が、たちあがって上がり口から声をかけた。

「おみえになりやした」

覚山は、弥助にうなずき、草履《ぞうり》をぬいで階をあがった。

六畳間の襖《ふすま》があけられ、浅井駿介が笑顔をみせた。

覚山は、ふたりのなかほどで壁を背にして膝《ひざ》をおり、火を消した小田原提灯と刀を左よこにおいた。

女房のとくが食膳をもってきて、酌をして去った。

喜平次が言った。

「さっそくだが、まずは駿介からだ」

駿介が喜平次にうなずいてから顔をむけた。

「案内人《あんねえにん》の安次《やすじ》が双葉楼《ふたばろう》の厠《かわや》で殺されてたんが先月の十九日。あの夜、双葉楼に案内《あんねえ》人《にん》がらみの客はいなかった。念のために、入堀通りすべての料理茶屋にあたらせた。ほかもおなじだった。おいら、客がらみかどうかはおいておくとして、案内人《あんねえにん》どうしの揉《も》め事じゃねえかって考《かんげ》えた。で、馬喰町《ばくろちょう》の案内人《あんねえにん》をひとりのこらずあたらせているところだった。そこへ、柴田さんが、おめえさんが海辺新田の件がらみかもしれねえって思ってると教えてくれた。驚いたぜ」

喜平次が言った。

「あの夜、ふたりで相談した。安次殺しは月番だった南御番所の一件だ。だが、海辺新田がらみなら、おいらの扱いになる。駿介は、これまでどおりに案内人《あんねえにん》どうしの諍《いさか》いを追いながら安次について徹底《てってえ》して調べる。駿介」

「安次に身寄りはいねえ。独り暮らしだ。いま、手先ふたりをそれにあたらせている。堅気《かたぎ》じゃねえからな、人別《にんべつ》帳はあてにならねえ。女はいなかったのか、かよっていた食い物屋や縄暖簾は。仲間はどうか」

喜平次がつづける。

「おいらは、柳橋《やなぎばし》かいわいの船宿をあたらせてる。海辺新田へ行くのに駕籠《かご》は考《かんげ》えにくい。駕籠舁《かき》はかけ声をあげるからな。女の家へしのぶのに、そいつはまずかろう。ただ、船宿で、たぶん屋根船だろうが、借りたのなら、とおからずわかる。やっけえなのは屋根船持ちをつかってたんじゃねえかってことだ。おいら、そっちじゃねえかって気がする。というしでえなんだ。安次の件をふたりでさぐることにしたことと、おめえさんにあらためて礼《れえ》が言いたかったんだ。ありがとよ」

「恐縮にござりまする。失礼してもよろしいでしょうか」

「かまわねえ」

覚山は、ふたりに一礼し、刀と小田原提灯をとった。

住まいにもどり、夜五ツ（七時二十分）の見まわりにでると、堀留の門前仲町のかどと門前山本町《やまもとちょう》のかどに若い地廻りが三名ずついてあいてをちらちらとうかがっていた。

十月は初冬であり、曇り日や朝と夜は冷える。それでも、長火鉢《ながひばち》をだすのは最初の亥《い》の日ときめられていた。

二日は曇り空で、風が吹いた。

覚山は、たきがいるあいだは居間で厚着してこらえていたが、暮六ツの見まわりからもどったら、厨《くりや》の囲炉裏《いろり》で暖をとった。

囲炉裏は自在鉤《じざいかぎ》で湯を沸かしたりするので、春夏秋冬、起きてから寝るまで火をたやさない。そうすることで、竈《かまど》をつかうさいにいちいち火打石で火をおこさずともすむ。むろん、暖かな季節のあいだは消えぬていどの火にとどめる。

夜五ツの見まわりのあとも厨ですごした。夜四ツ（九時四十分）の鐘を聞いて戸締りをし、二階の寝所にあがると、ひとつ布団に枕がならべてあった。

覚山は、てつだってもらってきがえ、ならんでよこになった。すこしして、冷たかった掻巻《かいまき》が温かくなった。

おもむろによねのうえに上体をもっていき、唇をかさねる。

舌をからめながら、襟をひらき、胸乳《むなぢ》にふれる。搗《つ》きたての餅《もち》のごときやわらかさと弾みに、胯間がたちまちいきりたつ。

覚山は、おちつけ、こらえろ、あわてるでないと叱りつけ、赤児のごとく乳首に吸いついた。

やがて、よねの躰《からだ》が火照《ほて》り、声をもらした。

寝巻を脱ぎ、下帯もはずす。

奮励《ふんれい》、奮闘《ふんとう》……我慢。ああ、しかし、こらえきれずに轟沈《ごうちん》。

いまだ一年たらず。もっと研鑽《けんさん》せねばとおのれに言いきかせ、下帯をむすび、寝巻をきて、眼をとじた。

翌三日は、雲ひとつない澄んだ青空がひろがった。

湯屋《ゆうや》からもどってくつろいでいると、庭のくぐり戸がけたたましくあけられた。

「おはようございやす。よいお天気で。松吉でやす」

よねが縁側の障子をあけた。

やってきた松吉が、よねを見あげる。

「おっ。およねさん、青空のせいでいちだんと若く見えやす。三日でやすから二十三ってことでお願《ねが》えしやす」

「ありがとね、おあがりなさい」

手拭《てぬぐい》で足袋《たび》の埃《ほこり》をはらった松吉が、あがってきて障子をしめ、膝をおった。

覚山は言った。

「元気そうでなによりだ」

「晦日《みそか》の夜は、仲間をさそって、ぐでんぐでんになるまで飲みやした。別れの酒でやす。友助《ともすけ》はほかの奴のものになったんでやすから、未練たらたらしててもしようがありやせん。きっぱり、すっきりあきらめてこそ男ってもんで」

声がかけられて、襖があいた。

「おたぁきちゃぁぁぁん」

盆を手にはいってくるたきを見あげて、曇り空が快晴になり、純真無垢《むく》に眼をかがやかせている。

芸者たちの評判では、松吉はいい人なのである。いい人は、信用され、頼りにされる。そんな松吉なら安心だから夫婦《めおと》になってもいいと思う女がでてくるかもしれない。

膝をおったたきが、盆から茶托《ちゃたく》ごと茶碗をとって松吉のまえにおいた。

「おたきちゃんが淹れてくれた茶は旨《うめ》え。ここへくると、およねさんはいつまでも若《わけ》えし、おたきちゃんは会うごとに綺麗《きれえ》になってく。別嬪《べっぴん》をふたりも拝めるんだから、こっとら果報者《かほうもん》よ」

よねを褒《ほ》めるのが世辞でもないらしいのが、いかにも松吉である。

盆を手にしたたきが、居間をでて、襖をしめた。

松吉が顔をもどした。

「先生《せんせえ》、みなの話をまとめやすと、先月の下旬あたりから、門前町《もんぜんちょう》の為助《ためすけ》一家と、入《いり》船町《ふねちょう》の権造《ごんぞう》一家と、蛤町《はまぐりちょう》の三五郎《さんごろう》一家の者《もん》が、日に一回《いっけえ》はやってくるそうでやす」

たいがいは、堀留の門前仲町のほうに三名でくる。あとからくるのは門前山本町の堀留、そのつぎは門前山本町入堀通りの名無し橋たもと。しかし、たがいにちらちらとうかがうだけで、喧嘩《けんか》になることはない。

「……みなはこう申しておりやす。先生《せんせえ》は南北御番所の旦那がたと親しくしておられやす。よく八方庵でお会いになっておられるんも、みな知っておりやす。奴らもそれを知ってて、入堀通りを縄張にしようと狙ってはいるが、ちょっかいをだすのはひかえてるんじゃねえかって噂《うわさ》しておりやす。去年までは、為助一家の者《もん》がいばりくさっておりやした」

それからほどなく、松吉が辞去した。

昼まえに三吉がきた。

夕七ツ（三時二十分）すぎに柴田喜平次がたずねたいとのことであった。覚山は、承知してよねにつたえた。

あらかじめ報せるのは、肴《さかな》のしたくがあるからだ。たりなければ、よねがたきを町内に買いものに行かせる。

はじめのころは、うかつにもそんな柴田喜平次の気づかいに思いいたらなかった。ふいにおとずれるよりもあらかじめ報せたほうが礼にかなっているからであろうと考えていた。

おのれは学問ばかりで世間知らずだったと思う。

夕七ツの鐘から小半刻（二十五分）ほどがすぎたころ、戸口の格子戸があけられ、弥助がおとないをいれた。

覚山は、迎えにでて、ふたりを客間に招じいれた。

よねとたきが食膳をはこんできて、たきが弥助のぶんをとりにいった。

三人に酌をしたよねが、廊下にでて襖をしめた。

喜平次が言った。

「塩問屋の住吉《すみよし》屋宗兵衛《そうべえ》についておもしれえことがわかった。宗兵衛は、柳橋《やなぎばし》の舞袖《まいそで》って年増芸者にいれこんでた。座敷に呼び、出合茶屋《であいぢゃや》あたりへ呼んでだいぶつぎこんでたらしい。ところが、舞袖には思い人がいた。前借を返し、思い人と夫婦《めおと》になるために宗兵衛に抱かれていた」

今年の仲春二月までの二年あまり、宗兵衛はせっせと柳橋へかよっていた。

ある日、いつものように舞袖に座敷をかけると、辞めたという。

宗兵衛は驚いた。そんな話はまったく聞いていなかった。

置屋に使いをやると、四日まえのことだとこたえたが、なにやら言いわけじみていて、旦那さまにはほんとうに申しわけがなくとくり返すばかりであった。

宗兵衛は町内の鳶《とび》の頭《かしら》に相談した。あたってみやしょう、と鳶の頭がひきうけた。

舞袖は、神田佐久間町《かんださくまちょう》二丁目の裏通りにある薪《まき》屋の内儀におさまっていた。

宗兵衛は、袖どころか、虚仮《こけ》にされたのだ。腹はたったが、むろんのこと怒鳴りこむようなことはしなかった。

恥の上塗りである。

「……宗兵衛は、落籍《みうけ》するにあたって、せかせ、友助が座敷にでるのもいい顔をしなかったたって聞いてる。舞袖のことがあったからじゃねえか。男女《なんにょ》の仲だからな、本気で惚れてると思わせてみつがせる。一日も早く前借《けえ》を返して好いた男と所帯《しょてえ》をもちたかった。いちおう、たしかめてえ気もするんだがな」

喜平次が、諸白《もろはく》を注いで飲み、杯をおいた。

「これえだも話したが、おいらたちは火盗改《かとうあらため》とはちがう。奴らは、あとでどうなろうが知ったことじゃねえ、手柄さえたてればいいって考《かんげ》えてる。おいらたちは、科人《とがにん》をつくることよりつくらねえことに重きをおいてる。舞袖は、住吉屋宗兵衛をだましていた。が、宗兵衛もいい思いをしたんだ。舞袖が所帯《しょてえ》をもってしあわせに暮らしてるんなら、壊すようなことはしたくねえ」

覚山はほほえんだ。

「人としてのやさしさでござりまする」

「照れることを言わねえでくんな。おいらたちはしくじっちゃあならねえんだ。おいらも、定町廻りを引き継ぐにあたって、半年あまり、いまは臨時廻りになっておられる先輩に見習としてついてまわった。そのおり、くり返し教えられたんが、科人を見逃すことがあっても、罪のねえ者《もん》をお縄にしちゃあならねえ、たった一度のしくじりで、それまでの評判がだいなしになる。駿介から聞いた安次の件についても話しておこう」

安次の住まいは馬喰町二丁目の彦兵衛店《ひこべえだな》で、飯《めし》は町内の縄暖簾や蕎麦屋ですませていた。

飯を食うのもたいがいはひとりで、これといって親しい者はいない。すくなくとも、いまのところはうかんでこない。

案内人何名かで仲間となり、いろいろ融通しあったりする者らもいる。しかし、安次は独りを好んだ。

そのため、案内人のなかには、安次をけむたがったり、毛嫌いしている者もいたようだ。

むろん、殺されたからには、誰がけむたがっていたとか嫌っていたとか話す者はいない。年齢《とし》は三十五。吉原《よしわら》や品川宿《しながわじゅく》、あるいは岡場所。それとも、女がいたのかまではまだつかめていない。

「……こんなところかな。料理をのこしてすまねえが」

「お気づかいなく」

うなずいた喜平次が刀をとった。

覚山は、戸口で膝をおってふたりを見送った。

秋分から冬至へ、日の暮れるのがしだいにはやくなっていく。春分秋分の暮六ツが六時。冬至の暮六ツは五時。時の鐘は二十四節気で調整していた。

単純計算をすると、一年十二ヵ月で二十四節気だから、約半月ごとに中気《ちゅうき》と節気がある。秋分から冬至までの三ヵ月なら六回である。つまり、半月ごとに十分ずつずらしていく。時の鐘を撞くとはたいへんな作業だったのである。

ちなみに、たいがいの月には中気と節気があるが、中気のない月を閏月《うるう》にした。

月齢は二十九日半で、一太陽年は三百六十五と四分の一日である。月齢を十二倍すると三百五十四日にしかならない。この狂いを、十九年に七回の閏月をもうけることで調整していた。それが旧暦である。だから、江戸期の人びとは、おそろしくこまかな計算をしていた。

暮六ツの見まわりにでた。

堀留に地廻りはいなかった。門前山本町の入堀通りにはいる。

名無し橋をすぎると裏通りから覗《のぞ》く者があった。

覚山は気づかぬふりをした。

裏通りにさしかかる。見ないでとおりすぎる。背をむけたとたんに、殺気が襲ってきた。

覚山は、さっと躰をむけ、八角棒を抜いた。

匕首《あいくち》の切っ先をむけた三名が決死の形相で突っこんでくる。まんなかは額に鉢巻をしていた。たんこぶを隠すためであろう。

覚山は、右手首を撃って匕首を落とし、鉢巻の額に容赦のない痛打をみまった。

――ポカッ。

――ポカッ。

――ポカッ。

三名が額をおさえてうずくまる。

「たわけめ」

覚山は、踵《きびす》を返して見まわりをつづけた。

二

翌四日朝、覚山は船宿有川《ありかわ》に松吉をたずねた。

暖簾をわけて土間にはいると、板間に腰かけて仲間と談笑していた松吉がさっと立ちあがった。

「先生《せんせえ》、どうしなすったんで」

「うむ。元加賀町《もとかがちょう》法禅寺《ほうぜんじ》うらから柳橋まで行ってみたいのだが、松吉のつごうのよいおりにたのむ」

松吉は察したようだ。おおきくうなずいた。

「昼九ツ半（十二時五十分）じぶんでどうでやしょう」

「かまわぬ。ならば、九ツ半にまいる」

「とんでもございやせん。入堀に屋根船をつけ、あっしがお迎《むけ》えにめえりやす」

「そうか。では、たのむ」

覚山は、顎《あご》をひいてふり返った。

中食《ちゆうじき》をすませ、ころあいをみて羽織袴《はおりはかま》にきがえる。よねが弟子の稽古のために香盤時計をつかっているので刻限がわかる。

やがて昼九ツ半になろうとするころ、戸口の格子戸があけられ、松吉の声がした。

「先生《せんせえ》、お迎《むけ》えにめえりやした」

覚山は、刀掛けから大小をとって腰にさした。

よねが見送りについてきた。

松吉は表で待っていた。

覚山は、沓脱石《くつぬぎいし》の草履をはいてよねにうなずき、表にでた。松吉が格子戸をしめてついてくる。

松吉が言った。

「先生《せんせえ》、今日は暖《あった》けえんで、船縁の障子はあけてありやす。それと、あそこの堀留からですと、横《よこ》川にでて、小名木《おなぎ》川か竪《たて》川ってのも考《かんげ》えられやすが、とおまわりでやす。船頭が船賃稼ぎにわざとそうするのでねえかぎり、二十間《にじっけん》川から仙台《せんだい》堀を行くはずでやす。そうしてえんでやすが、よろしいでやしょうか」

覚山は、斜めうしろの松吉に顔をむけた。

「ああ、そうしてくれ」

「わかりやした」

入堀通りへでたところで、松吉がまえになった。

覚山は、松吉につづいて石段を桟橋へおり、舳《みよし》から座敷にはいった。草履をそろえて、障子をしめた松吉が、桟橋へおりて舳と艫《とも》の舫《もや》い綱《づな》をほどき、艫にのって棹《さお》をつかう。

屋根船がゆっくりと桟橋をはなれる。

猪ノ口橋をすぎ、十五間川にでたところで棹から艪《ろ》になった。

十五間川を東へすすむ。

一町（約一〇九メートル）余で、右舷に永代寺《えいたいじ》と富岡八幡宮《とみがおかはちまんぐう》の甍《いらか》と杜《もり》が三町半（約三八二メートル）ほどつづく。

永代島をめぐる入堀をすぎると、三十三間堂をかこむ町家だ。

永井橋《ながい》のさきは二十間川だ。北へ行き、東へおれて、すぐのところをまた北へ舳をむければ、つきあたりが法禅寺うらの堀留である。

桟橋にとめた松吉が、艫の障子をあけた。

「先生《せんせえ》、あけといてもかまいやせんか」

「かまわぬ」

「では、めえりやす」

屋根船が桟橋をはなれる。

松吉が、棹から艪にかえる。

「先生《せんせえ》」

「なにかな」

「通りは夜四ツ（九時四十分）になると町木戸がしめられやすが、川には木戸がありやせん。町木戸がしめられたあとは火盗改に見とがめられることもありやせん。そんな刻限に川をゆく屋根船は、てえげえは密会《みっけえ》か、女のところからの帰《けえ》りで。まあ、盗人《ぬすっと》がらみってこともありはしやすが」

「屋根船をおりたあとはどうする。町木戸はしまっておるのであろう」

「いちばんいいのは、町木戸のねえ桟橋につけることで。ですが、町木戸の番太郎《ばんたろう》も、起こされて不機嫌な面《つら》をしやすが、いくらかにぎらせりゃあ、すぐにくぐり戸をあけてくれやす」

覚山は松吉を見つめた。

松吉が照れ笑いをうかべる。

「たまに、仲間で品川宿までくりだすことがありやす。泊まったりはしやせんので、有川の旦那もおおめにみてくれやす」

「なるほどな」

屋根船は二十間川から仙台堀をへて大川をさかのぼり、神田川へはいった。いったん柳橋の桟橋にとめ、有川へひきかえした。

船賃はそのつど払いのほうが安い。

覚山は、すこしよぶんに払って住まいにもどった。

冬の天気はかわりやすい。

翌五日は、薄墨色の雲が江戸の空を塗りこめ、風が吹いた。しばらく雨がふっていない。

六日も曇り空だった。

つぎの日は、雲ひとつない澄んだ青空がひろがった。

昼まえに三吉がきて、暮六ツ（五時）の見まわりがすんだら柴田喜平次と浅井駿介が八方庵で待っているのできてほしいと言った。覚山は、承知し、よねにつたえた。

暮六ツの見まわりのあと、万松亭の長兵衛に八方庵にいるむねを告げて小田原提灯をうけとった。

八方庵はあいかわらず客がすくなかった。だからこそ、柴田喜平次と浅井駿介はここにしているのであろう。

食膳をはこんできたとくが、酌をして襖をしめた。

喜平次が言った。

「海辺新田の信兵衛《しんべえ》だが、この十五日で四十九日になる。通夜も葬儀もできず、遺骨は回向院《えこういん》にあずけたままだ。しかたねえんだが、おいらも気が重かった。五日に両替屋の大江《おおえ》屋から願いがでた。四十九日の法要を大江屋だけでいとなみ、菩提寺《ぼだいじ》の墓に弔《とむら》いたいとのことだった。お奉行に呼ばれ、ご下問をおうけしたんで正直におこたえした」

北町奉行は、小田切土佐守直年《おだぎりとさのかみなおとし》、五十五歳。これといった業績はない。しかし、十九年三ヵ月も町奉行の任にあった。これは歴代町奉行で四番めの永さで、かの大岡越前守忠相《おおおかえちぜんのかみただすけ》につぐ。それだけ幕閣の信頼があつかったことをしめしている。

「……年番方や吟味方ともご相談になられ、お奉行はお許しになられた。で、呼びだすのではなく、おいらが報せにいった。大江屋はいくたびも頭をさげ、はじめからこうすべきでしたと悔やんでた。血のつながりはねえ。ですが、先々代のころのこととはいえ、手前どもから船問屋の恵比寿《えびす》屋へ婿入りした信右衛門《しんえもん》が海辺新田に隠居したあと、下大島町《しもおおしまちょう》の鍋釜《なべかま》問屋須賀《すが》屋さんから信右衛門が婿としてむかえた信兵衛どのには、じつの親子でもここまでと思うほどに世話をしていただきました」

大江屋は、目頭を熱くし、あらためて礼を述べて低頭した。

「……というしでえでな。信兵衛の弔《とむれ》えのことにかんしては、おいらもほっとしてるとこよ。いまのでわかったろうが、これまで大江屋は表向きどっちつかずだった。けど、どうやら本音はやはり須賀屋に海辺新田の財産をうけとってほしいんじゃねえかな。ところで、まずは駿介の話から聞いてくんな」

駿介が、喜平次にうなずき、顔をもどした。

「案内人《あんねえにん》らは、安次の件でてめえらが疑われてるらしいってんでおびえてる。岡場所や賭場《とば》など、どいつも叩けば埃がでる。だから、仲間のほかには用心してめったなことをしゃべらねえ。おかげで、手先らが苦労してる。それでも、なんとかさぐりだしたことがある」

馬喰町《ばくろちょう》二丁目の裏通りに〝おかめ〟って縄暖簾があり、案内人らのたまり場である。つきあいのわるい安次も、古株にさそわれ、たまに顔をだしていた。

行けば誰かいる。それが五、六人になると、五寸釘《ごすんくぎ》遊びをやっていた。

的《まと》を描いてある戸板を壁にたてかける。四文銭《しもんせん》をだし、的めがけて五寸釘を打つ。で、的にいちばんちかい者が総取りにする。それを何回かやる。安次もつきあいでやっていたが、うまいほうではなかった。

「……おめえさんから海辺新田がらみもありうるんじゃねえかってのを聞いてなけりゃあ、案内人《あんねえにん》のしわざでまちげえねえって決めつけるところだった。厠で殺されたんは、客がらみにしろ、恨まれてたからだ。柳橋や薬研堀《やげんぼり》では顔を知ってるのに見られるかもしれねえ。で、あえて入堀通りの双葉楼にした」

喜平次がひきとった。

「ふたりで、なんで安次が殺されたんか、考《かんげ》えなおしてみた。まずは信兵衛からだ。信兵衛が、うらに住む女三名とできていたとしよう。三味と踊りを教えているきちが三十路《みそじ》。となりのつなが二十五から二十七くれえ。いっしょに死んでたしまが二十三。信兵衛は六十二。いかに房事が好きでも、年齢《とし》を考《かんげ》えれば、月に二、三回《けえ》ずつくれえがせいぜいだ」

手習師匠の杉田権三郎《すぎたごんざぶろう》に店賃を訊《き》くと、相場の六割くらいである。杉田権三郎は、つぎの持ち主が誰になるのか、おなじ店賃で貸してくれるのかを心配していた。うらの畑は相場の五割。してみると、女たちにも五割で貸していたととらえてよいのではないか。うらの四軒にあきができると、すぐにつぎがきまった。元柳橋芸者らのなかでは店賃の安さがしられていて、早い者勝ちだったようだ。

では、信兵衛は女たちをただで抱いていたのだろうか。いや、そうは思えない。むしろ、きちんと払っていたのではあるまいか。そのほうが、義父の信右衛門のめんどうを最期までみていた信兵衛らしい。

信兵衛は、水瓶《みずがめ》への水汲みや、布団のあげおろしなんかも若さをたもつためにいとわなかったという。

おそらくは、風呂も、みずからがはいったあとに水をたして温め、女たちにもすすめた。

「……おめえさん、信兵衛んとこへかよいできていて、ふたりの死骸《しげえ》をみつけたこうが、しまはぼんやりしてるからなにかたのまれてもすぐに忘れてしまうって言ってたのを憶えてるかい」

覚山は首をふった。

「申しわけございませぬ」

「おいらも、ふと想いだした。で、手先をたしかめに行かせた。じっさい、よく忘れたそうだ。ほんとうに申しわけなさそうにあやまるんで怒る気になれなかったって言ってる。ありてえに言えば、あんまし賢いほうじゃなかった」

喜平次が、諸白を注いで喉《のど》をうるおした。

「さて、寝物語でこんなふうなやりとりがあったとしよう。旦那さま、安い店賃でほんとうにたすかってます、と女が言う。信兵衛がこたえる。義理の父からひきついだ道楽みたいなもので、店賃や土地の貸し賃がなくとも一生困らないだけの貯えがあるから心配にはおよばないよ。三名《めえ》とも寝物語でそれを聞いていた。……駿介、安次についてはおめえが話してくれるかい」

「かしこまりました」

駿介が顔をもどした。

「案内人《あんねえにん》は、てめえがつかってる賭場や岡場所、後家や元芸者、元水茶屋の看板娘などについて、ほかの者《もん》にはあかさねえ。これは、安次にかぎったことではなく、てえげえそうらしい。なにしろ、それによって稼ぎがちがってくる。安次が、海辺新田のい、しまときちとつなの三名《めえ》をつかっていたとしよう。なんせ、元柳橋芸者を抱けるんだ、客はたんまりだしたにちげえねえ。女たちにとってはいい稼ぎだ。礼《れえ》に、安次にはただで抱かれていた。信兵衛としまだが、信兵衛が三人とできてたんなら、しまに惚れてたってのは考《かんげ》えにくい」

したがって相対死《あいたいじに》はない。信兵衛がしまを殺し、みずから死んだというのもだ。

つまり、しまと信兵衛とは殺しととらえてよいのではないか。

喜平次が言った。

「ふたりして、ようやくそこまでたどりついたってわけよ。……腰をおってすまなかった。つづけてくんな」

駿介が、喜平次にうなずき、顔をもどした。

「では、安次がふたりを殺したのかってえと、ちと考《かんげ》えにくい。しまが信兵衛に抱かれるのがいやなら、客にだって抱かせはしなかったはずだ。それに、それなら、安次はなにゆえ殺された」

三軒は女の独り暮らしだ。しまの住まいではしまと信兵衛が殺された。家はしめきったままで、坊主を呼んでお祓《はら》いもしていない。

はつの旦那がこない日は、つなのところに布団をもってきて三人で枕をならべて寝ているのかもしれない。いまもだ。

もうひとつ。きちとつなとは、不安なのでむしろたのんで安次に泊まりにきてもらっていた。

その寝物語で、安次はなにかに気づいた。

「……安次が死んで、客が減った。安次の客だけじゃあるめえが、きちとつなは稼ぎがすくなくなる。そこで、また案内人《あんねえにん》がでてくる」

海辺新田の女らのことを、安次は隠していた。となると、船宿の屋根船ではなく屋根船持ちをつかっていた。しかも、たぶん、おなじ屋根船持ちだ。

喜平次がつけたした。柳橋かいわいの船宿はのこらずあたった。深川や山谷《さんや》へ行くのに船宿の屋根船をつかったことはあった。

駿介がつづける。

柳橋あたりで、安次が客をのせるのをほかの案内人が見ていたとする。しかも、その案内人は船頭を知っていた。いや、その案内人もおなじ屋根船持ちをつかっていた。

「……そんなに驚いた顔をしなさんな。女たちにとっては商売《しょうべえ》だぜ。案内人《あんねえにん》がひとりよりもふたりのほうが、より稼ぎになる。女たちは、安次にはけっしてしゃべらねえってことでそいつの客もとるようになった」

喜平次が言った。

「あとはおいらが話そう。つまり、しまと信兵衛は色恋がらみで殺されたんじゃねえ、財産めあてだ。塩問屋の住吉屋は日本橋の表通りにある大店《おおだな》だから、人別帳にもたしかなことが書かれてる。いま、内儀の実家《さと》から従兄弟《いとこ》などの親戚筋をふくめて、案内人《あんねえにん》がいねえか、駿介の手先をふくめてあたらせている。そいつが殺しをしかねねえほどの悪《わる》なら、この件も一件落着よ。だからなおさら、きちとつなをつっつくわけにはいかねえ。そいつに気づかれ、姿を消されちまったらやっけえだからな。そんなところだ」

覚山は、ふたりにほほえんだ。

「失礼してもよろしいでしょうか」

喜平次がこたえた。

「ああ」

覚山は、ふたりにかるく頭をさげ、かたわらの刀と八角棒、小田原提灯をとった。

住まいにもどって羽織をぬぎ、囲炉裏ばたで茶を喫しながら八方庵で聞いたことをかいつまんでよねに話した。

翌八日。

暮六ツ（五時）の見まわりにでると、門前仲町入堀通り堀留かどに地廻りが四名いた。ちかづいていくと、ふたりの額には痣《あざ》があった。

四名がむける剣呑《けんのん》な眼差を無視し、覚山はおおきくまわって門前山本町の入堀通りへはいった。

夜五ツ（七時二十分）の見まわりにでると、名無し橋のところで対岸にうごきがあった。

顔をむけると、門前山本町の裏通りあたりからとびだしてきた人影三名が、駆け足で名無し橋にかかり、懐《ふところ》から匕首を抜いた。

武に生きる者は、通りのまんなかを歩く。不意打ちにそなえてだ。

名無し橋の正面にある門前仲町の裏通りにひそむ気配がある。

覚山は、躰を名無し橋へむけ、足を肩幅の自然体《じねんたい》にひろげ、腰の八角棒を抜いた。

敵三名が、まるみをおびたいただきから一気に駆けおりてくる。

たもとにきた。

彼我の間隔二間（約三・六メートル）。

静から動。

覚山は、左へ跳んだ。空《くう》で上体をひねる。

背後を襲わんとした敵三名が蹈鞴《たたら》を踏む。敵六名がこちらをむくよりもはやく、覚山はとびこんだ。

匕首をにぎる右手首を打って、額に痛打をあびせる。

——ポカッ。

たちまち、六名が額をおさえてうずくまる。

覚山は、冷たい声をだした。

「得物《えもの》をひろってとっとと消えろ。ぐずぐずしていると髷《まげ》を斬りとばすぞ」

「ひぇっ」

六名が右手で匕首をつかみ、左手で額をおさえ、ふらつく足どりで名無し橋をのぼっていく。

見ていた駕籠舁が言った。

「先生《せんせえ》、遠慮しねえで髷を斬りとばしておくんなさい。お願《ねげ》えしやす」

覚山は、ほほえみ、見まわりをつづけた。

名無し橋をわたった六名が、山本町裏通りへ消えた。ということは、為助一家である。

万松亭のまえで、長兵衛が笑顔で待っていた。

「先生、お礼を申します。おかげさまで通りの店《たな》は安心して商いができます」

覚山は、うなずき、小田原提灯をうけとって住まいに帰った。

翌朝も朝陽が下総《しもうさ》の空を青く染めながら昇っていった。

いつもの刻限に、庭のくぐり戸がけたたましくあけられた。

「先生《せんせえ》、松吉でやす。おじゃまさせていただきやす」

昨日《きのう》から長火鉢をだしていた。猫板をまえにしていたよねが、腰をあげ、縁側の障子をあけた。

はじけんばかりの笑顔で松吉があらわれた。

「およねさん、今朝も雲ひとつねえ青空のように綺麗《きれえ》で」

「いつもありがとね。おあがりなさい」

「へい」

沓脱石に足をのせ、懐からだした手拭で埃をはらった松吉が、濡れ縁から居間にはいり、障子をしめて膝をおった。

「先生《せんせえ》、昨夜《ゆうべ》のこと聞きやした。為助一家の奴らだったそうで。みな、威張りくさってたころの奴らを想いだし、胸がすうっとしたと言っておりやす」

「そうか」

厨の板戸があけられた。たきが廊下で声をかけ、襖をあけた。

「おたぁきちゃぁぁぁん」

いつものことながら、まったく、いったいどこから声をだしているのかと思う。

松吉が、顔をかがやかせてたきを見つめている。

たきが、盆から茶托と茶碗をとって松吉のまえにおいた。

「会うたびに綺麗《きれえ》になってる。年ごろだもんな。けど、めえも言ったが、あせることはねえぞ。あと二、三年は十五のまんまでいいからな」

たきもだいぶなれてきた。口端に笑みをうかべ、盆を手にして去った。

その後ろ姿を眼で追う松吉を、よねがあきれ顔で見ている。

襖がしめられ、松吉が顔をもどした。

「先生《せんせえ》は学問がおありになって腕もたつ。まったくうらやましいかぎりで。つくづく、しみじみ、男は顔じゃねえって思いやす」

「おまえはいつもそう言うがな」

松吉がさえぎった。

「先生《せんせえ》、怒っちゃいけやせん。およねさんは眼が高《たけ》えって、みな感心しておりやす。先生《せんせえ》は、あっしらの夢でやす。芸者衆のなかに、およねさんのような物好きがほかにもいるかもしれやせん。仲間で酒を飲むと、いつもその話でもりあがりやす」

「かってにもりあがるがよい」

「先生《せんせえ》、ですから怒っちゃあいけやせん。みな、先生《せんせえ》にあやかりてえんでやすから。借銀がある表店の若旦那なんぞは、かわいそうに持参銀つきならどんなおかめでも嫁にしなきゃあなりやせん。そのてん、あっしらは惚れた女と所帯《しょてえ》をもつことができやす。あっしだって、てめえが芝居小屋の看板に飾ってある二枚目のようだとは思っておりやせん」

　よねが噴きだした。

「あれっ。およねさん、なにがおかしいんで」

「ちょいとほかのことを考えてただけで、おまえを笑ったんじゃない」

　松吉が、よねから顔をもどした。

「犬も歩けばたまにあたるっていいやす」

「あのな、おまえの話はなにゆえすぐそっちにいくのだ」

「ちげえやす。そっちのタマじゃありやせん。たまたまのたまで。先生《せんせえ》、考《かんげ》えておくんなさい。よっぽどとんまでまぬけな犬でも、歩いてて棒にけつまずくわけがありやせん」

「ふむ。たしかにそのとおりだな。あの棒がなにを意味するのか、考えてみねばなるまい」

「お好きなだけ考《かんげ》えておくんなさい。そっちのほうはおまかせしやす。あっしは、毎《めえ》日《にち》のように芸者衆に会っておりやす。優男《やさおとこ》だとは申しやせん。貯えもおおくはありやせん。仲間と飲み、岡場所へ行くこともありやす。ですが、博奕《ばくち》は嫌《きれ》えでやす。贅沢《ぜいたく》は言いやせん。じっと待つんでなく、船を漕《こ》いでりゃあ、こんなあっしでも夫婦《めおと》になってもいいって物好きがあらわれるかもしれやせん」

よねが言った。

「松吉、聞いたわよ」

「なんでやしょう」

「友助は、小名木川の住まいに行くのにおまえの屋根船にしたいって言ったそうじゃないか。それを、おまえはよその船頭にしてもらったんだって」

「ちゃんと漕げる自信がなかったもんで」

「三好屋の女将《おかみ》さんが褒めてたそうだよ、松吉はほんとうにやさしいって」

「照れることを言わねえでおくんなさい。竪食う虫も好き好きって。およねさんだってやさしいし、みてくれにこだわらねえから先生《せんせえ》に惚れたんでやしょう」

「あのな、松吉」

「おっと、先生《せんせえ》だって、二枚目だとは思ってねえでやしょう」

「そんなことはちらとも思ったことがない。それより、おまえは、どうしていつも、そう半端な憶えかたをするのだ。竪でない、蓼《たで》だ。苦味のある草だが、それを好んで食べる者もいるって意味だ。考えてもみろ、竪川を横川が食うのか」

「先生《せんせえ》、それいただきやす。竪川を横川が食い、妬《や》いた小名木川大泣き」

よねが、てのひらで口をかくした。

覚山は苦笑した。

「松吉、ちと訊きたいことがあるのだが」

「なんでやしょう」

「町奉行所がらみだ、ほかでしゃべってはならぬ、よいな」

「先生《せんせえ》、わかっておりやす。先生《せんせえ》からお聞きするそっちのほうの話は、たとえ酔ってたって口をすべらせたりはしやせん」

覚山はうなずいた。

「船頭は、客が隠してる行《ゆ》き先を、たとえ顔見知りであっても、ほかの客に話すものか」

「ふつうは話したりしやせん。ですが、銭《ぜに》がからんでくるとわかりやせん。うまい儲《もう》け口になるんなら、話すかもしれやせん」

「なるほどな。わかった」

「とんだ長居をしちまいやした。失礼《しつれえ》させていただきやす。およねさん、馳走《ごち》になりやした」

松吉が、あわただしく去った。

三

翌日と翌々日は、濃淡のある雲が江戸の空をおおいつくした。十日は風だけだったが、十一日はひさしぶりに小雨がぱらついた。

夜、浅草方面からかすかに半鐘が聞こえたが、じきにやんだ。おおきな火事にはならなかったようだ。

十二日は快晴だった。

覚山は、袱紗《ふくさ》包みに書物をつつんで上屋敷へ行った。

用人に挨拶《あいさつ》し、文庫で借りる書物をえらび、門前仲町にもどった。

昼まえに、三吉が夕七ツ（三時二十分）すぎあたりに笹竹《ささたけ》にきてほしいとの言付けをもってきた。覚山は、承知してよねにつたえた。

夕七ツの七つめの鐘まで聞きおえてから、きがえ、覚山は大小と八角棒のほかに小田原提灯を懐にして住まいをでた。

笹竹の暖簾をわけて腰高障子をあけると、女将のきよが笑顔をうかべた。

六畳間は障子がよせられ、柴田喜平次と弥助がいた。ふたりのまえには食膳があり、部屋のまんなかに火鉢がある。

覚山は、草履をぬいで六畳間にあがった。壁を背にして膝をおり、よこに刀と八角棒をおくと、食膳をもってきたきよが酌をした。

六畳間をでたきよが障子をしめた。

喜平次が言った。

「冬は日がみじけえ。塩問屋の住吉屋が御番所に訴えでて、かなりねばったらしいが、ついには怒鳴られ、追いかえされた。まきぞえをくらった町役人《ちょうやくにん》が気の毒だ」

十日の朝、住吉屋宗兵衛が町役人ともうひとりをともなって北御番所へやってきた。ただいま詮議《せんぎ》しております元加賀町《もとかがちょう》海辺新田の件でぜひともお聞き願いたき儀がございますと訴えた。

訴え当番の吟味方与力が対応した。

――北新堀町《きたしんぼりちょう》にあります行徳《ぎょうとく》船の船問屋恵比寿屋の隠居した先代信兵衛の法要を、日本橋本町《ほんちょう》三丁目の両替屋大江屋がいとなむのは筋違いかとぞんじます。

いやいやつきあわされたであろう町役人のほかにともなっていたのが、恵比寿屋の当代信左衛門《しんざえもん》、三十三歳であった。

信左衛門もすがるがごとき表情で訴えた。

――ご詮議ちゅうとのことで、お通夜もお葬式もできませんでした。にもかかわらず、四十九日の法要を余所《よそ》さまでいとなまれては親不孝にございます。なにとぞ、大江屋さんでの法要をおとめくださいますようお願い申しあげます。

与力は、待つように申しわたして、一件の概要を調べた。

吟味所へもどった与力は、お奉行がご裁可なさっておると申しわたした。

低頭してひきさがろうとする町役人をひきとめ、宗兵衛が訴えた。

――そこをなんとかお考えなおしいただきたくぞんじます。

――ただいま申した。お奉行がご裁可になられておる。

――しかしながら申しあげます。身内をさしおいて余所さまが法要をいとなむは筋違いと存じまする。

与力が怒鳴った。

――お奉行のご裁可に不服を申すか。ただではおかぬぞ。……この者どもを叩きだすがよい。

控えていた吟味方の同心が、三名をせきたてて表門から追いだした。

「……というしでえなんだ。おなじ日の昼、小名木川ぞい下大島町の鍋釜問屋須賀屋の番頭がひそかに大江屋をたずねてる」

四十九日の法要について、番頭は主にかわって幾重にも礼を述べた。信兵衛は隠居している須賀屋の先代甚右衛門《じんえもん》の弟である。甚右衛門は六十四歳。いささか足腰が弱っている。

しかし、ほんらいであれば、みずから当代の甚助《じんすけ》とともにお礼に参上すべきである。だが、ご承知の事情でそれがかなわない。

すべてがかたづきましたら、あらためてお礼に参上いたします。

「……当代の甚助は三十九歳。職人は気むずかしいのがおおい。ちょいとあたらせてみたんだが、甚右衛門は評判がいい。職人だけじゃなく町内《ちょうねえ》でも悪く言う者《もん》がいなかったそうだ。倅《せがれ》の甚助も孝をつくし、おだやかな人柄で、これまた評判がいい」

喜平次が、口端《こうたん》で皮肉な笑みをこぼし、諸白を注いで飲んだ。

「大江屋が信兵衛の法要をいとなむは、あくまで恩義からだ。それを、住吉屋は疑心《ぎしん》暗鬼《あんき》から勘違《かんちげ》えし、大江屋がもともとてめえのもんだった地所と二千両をわたす気がなくなったんじゃねえかってあせった。おちついて考《かんげ》えられるなら、かえって大江屋の受けを悪くするだけだってわかるはずだ」

「よほどに焦ってる」

「ああ。住吉屋はもっとはやくけりがつくと思ってたにちげえねえ」

「しまと信兵衛が殺されたのが八月二十六日の夜で、翌日の昼じぶんにかよいのこうがみつけた。住吉屋宗兵衛が友助を落籍《みうけ》したのが九月の晦日。一日も早くというくらいですから八月あたりは落籍《みうけ》話に頭がいっぱいで、殺しなど考えるはずがない」

喜平次が首肯《しゅこう》した。

「ちげえあるめえよ。その思惑《おもわく》が狂っちまったってわけだ。宗兵衛は、舞袖に虚仮にされるまではもっぱら柳橋で遊んでいた。つまみ食いしては手切れ銀をわたす。そんなふうだったらしい。ところが、舞袖は囲ってもいいと思った。むろん、柳橋で噂になる。宗兵衛としても恥辱だ。それで、二度と柳橋には足をむけなくなった。ところでな、宗兵衛は五尺七寸（約一七一センチメートル）ちかい、わりとがっちりとした躰をしている」

酒、味噌、醤油、塩などの重い荷をあつかう問屋は、人足《にんそく》をたばね、あしらわねばならない。そのための番頭を雇う店《たな》もあるが、主が抑えがきくにこしたことはない。

「……で、駿介とふたりで考えてみた。住吉屋宗兵衛にそこそこの肝っ玉があるとする。ならば、しまと信兵衛とを殺したのはありうるか。おめえさん、どう思う」

覚山は、首をかしげた。

考えをまとめる。

顔をあげた。

「むつかしかろうとぞんじまする。ひとつには、宗兵衛と信兵衛は顔見知りにござりまする。それでいて、疎遠であったそうでありますから、宗兵衛は海辺新田にはかよっておらぬものと思いまする」

さらに、きち、つな、しまの三名と信兵衛がわりない仲だったとする。信兵衛の年齢《とし》からして、たとえば、二の日や五の日というふうにあらかじめきめていたのではあるまいか。

そのほうが女たちにとってもつごうがよいように思える。

「……なんとなくでござりますが、つねに信兵衛が女たちの住まいに行っていたのではありますまいか。そのほうが、なんといいますか、男冥利《おとこみょうり》のような気がいたしまする」

喜平次が笑みをこぼした。

「先生《せんせえ》。おめえさん、だいぶくだけてきたじゃねえか」

「おそれいりまする。日々学んでおりまする」

三人のうち、しまはかしこくない。つまり、だましやすい。つぎに信兵衛がくる日を教え、男を寝所なりにひそませていたとする。

しかし、それにはどうしてもしまと男とのつながりがなくてはならない。

「……しまと住吉屋宗兵衛とのあいだに、そのつながりがあったとは考えにくうございまする」

喜平次がおおきく顎をひいた。

「駿介とおいらもおなじだ。つまり、しまと宗兵衛とをむすびつける者《もん》がいるってことだ。そろそろ刻限だな。もういいぜ」

「失礼いたしまする」

覚山は、刀と八角棒を手にして辞去した。

正源寺《しょうげんじ》参道から東へおれると、大通りは下総から迫る暮色のなかにあった。

福島橋《ふくしま》をわたり、八幡橋《はちまん》をこえたところで、暮六ツ（五時）の捨て鐘が鳴りだした。

覚山は足をはやめた。

堀留の両脇に地廻りが三名ずついた。入堀通りではなく大通りをやってくるのにあわてたようすだった。

門前山本町の通りにはいり、覚山は見まわりのゆったりとした歩きかたにした。

夜五ツ（七時二十分）の見まわりにでると、門前仲町入堀通りの堀留かどをまがって人影が四人あらわれた。

常夜灯と料理茶屋などからの灯りで、入堀通りはあかるい。

四人は長着だった。胸をはだけぎみにしている。さらにちかづくと、髷もゆがめているのが見えた。

覚山は通りのまんなかを歩く。左右からの不意打ちにそなえてだ。

名無し橋のてまえで、地廻り四名が、ふたりずつ左右によった。さりげなさをよそおっているが、肩がこわばっている。

すれちがう。

せつな、覚山はまえへ跳んだ。宙で上体をひねって反転。懐から匕首をだした四人があっけにとられている。右足、左足と地面につく。

我にかえった四名が、刃をうえにした匕首の柄頭《つかがしら》に左手をあてて腕をのばし、つっこんでくる。

両端の額に痣がある。

懲《こ》りぬ奴らだとの思いが脳裡《のうり》をよぎる。覚山は、すぐさまおのれをいましめた。それが油断につながり、隙《すき》となる。

八角棒を抜き、踏みこむ。

なかの左右ふたりの手首に痛打をあびせて、額に一撃をくわえる。

――ポカッ。

――ポカッ。

両端がつっこんでくる。

やはり手首を打ち、額に一撃。

――ポカッ。

――ポカッ。

四人が額を押さえてうずくまる。

覚山は、軒下のほうへまわって見まわりをつづけた。猪ノ口橋から門前仲町の入堀通りにもどる。

四人の姿はなかった。

万松亭の土間にはいると、長兵衛が板間に腰かけて待っていた。

腰をあげ、ひかえている女中から小田原提灯をうけとる。

「先生、見ていた駕籠舁が報せにまいりました。四名は入船町の権造一家の者だそうにございます」

覚山は、うなずいて、長兵衛がさしだした小田原提灯の柄《え》をにぎった。

「為助一家がしかけてまいった。ほかの一家も、まけじとかかってくるであろう」

長兵衛が、表まで見送りについてきた。

十六日の暮六ツ(五時)の見まわりのあと、居間でくつろいでいると、戸口の格子戸がいきおいよくあけられた。

「先生《せんせえ》ッ」

覚山は、戸口へいそいだ。

見かけぬ顔の若い衆が立っていた。

ぺこりと辞儀をする。

「菊川《きくかわ》板場の麻吉《あさきち》と申しやす」

万松亭の北隣が料理茶屋の菊川だ。脇に路地があるが、万松亭とおなじくうらの路地にくぐり戸がある。

覚山は訊いた。

「なにごとだ」

「へい。お留守居役の寄合《よりええ》と川並《かわなみ》の寄合《よりええ》がとなり座敷で。たがいにうるさいと言い、ついに廊下にでて睨みあっております。旦那がすぐにおこしいただきたいそうで」

「わかった。待っておれ」

居間で、よねが袴《はかま》を手にしていた。袴をはいて羽織に腕をとおし、大小と八角棒を腰にする。

麻吉は表で待っていた。

東の空にまるい月があり、江戸の夜空を蒼《あお》く染めている。

草履をはいた覚山は、敷居をまたいでうしろ手に格子戸をしめた。

麻吉がさきになる。

菊川のくぐり戸を麻吉が押しあけてなかにはいった。覚山はつづいた。くぐり戸をしめた麻吉が言った。

「先生《せんせえ》、こちらでございやす」

菊川もちいさな庭にめんした北に後架《こうか》があり、南に釣瓶《つるべ》井戸と板場がある。

廊下で女将が膝をおって待っていた。

覚山は言った。

「挨拶はよい。案内《あない》いたせ」

「はい。ありがとうございます」

辞儀をして腰をあげた女将がふり返った。覚山はついていった。

階《きざはし》をあがる。

菊川は、北が廊下で、南が座敷であった。階から入堀通りのほうに二座敷《ふた》があり、通りがわに留守居役が、階がわに川並が廊下に立ち、あいだで膝をおった亭主が、なにとぞとくりかえしながら双方に頭をさげつづけていた。

覚山は声をかけた。

「とおしてくれぬか」

「なんだとッ」

気色ばんで顔をめぐらした川並が、すぐに表情をあらためた。

「先生《せんせえ》」

ほかの川並たちも顔をむけ、道をあけた。

留守居役らが、怪訝《けげん》な眼をむけている。江戸では総髪はすくない。儒者も医師も坊主頭だが、たまに町医者に総髪がいる。

まえのひとりが言った。

「そのほう、何者」

「通りの用心棒にござりまする」

「用心棒ふぜいがでしゃばるでない。ひっこんでろ」

「そうはまいりませぬ。騒ぎをおこしておられる。なにゆえにござりましょう」

「いまも申した。いらざる口出しは無用」

「ならば、自身番屋へ報せ、使いを月番の北町奉行所へ走らせてもらいましょう」

留守居役がいまいましげに口端をゆがめた。

「しばしば高笑いをひびかすゆえ、しずかにいたすよう申しただけだ」

川並がこたえた。

「なに言ってやがる。おたげえさまじゃねえか。こっちはうるせえのを我慢してたんだ。……先生《せんせえ》、いきなりあっしらの座敷の襖をあけ、しずかにいたせって怒鳴るんで。こっちも客でやす、亭主がお願《ねげ》えにくるならまだしも、となり座敷の客にとやかく言われる筋合はありやせん。そんで、売り言葉に買い言葉で、みなで廊下にでてきたってわけで」

「あいわかった」

覚山は、思案をまとめていた。

亭主をうながしてたたせる。

耳もとに口をよせる。

「いささか損になるやもしれぬが、それでもよいか」

「それはもう。この騒ぎがおさまってくれますならば」

覚山は、亭主にうなずき、川並を見て、留守居役に顔をむけた。

「となりの座敷がしずかなら異存はござるまいな」

「むろんだ。あえて騒ぎをおこすつもりはない。そこの者らが無体を申すゆえこのような仕儀にいたったまでだ」

覚山は、さっと顔をめぐらして眼で川並を制した。

留守居役に顔をもどす。

「座敷にもどっていただき、半刻（一時間十分）の直しを菊川がもつ。つぎの座敷がきまってる芸者もおろうゆえ、そのぶんも見習なりをふくめて菊川がてくばりする。どうでござろう」

「となり座敷がしずかなら異存はない」

覚山は、留守居役にうなずき、川並へ躰をむけた。

「菊川にいそぎ屋根船を用意してもらう。そして、芸者ごと座敷を屋根船にうつす。おなじように半刻の直しは菊川がもち、直しの芸者もととのえる。それまで、いまの座敷でおとなしく待つ。どうだ」

「先生《せんせえ》、あっしらもそれでけっこうでやす」

「では、双方とも座敷にもどってもらおう」

留守居役と川並が座敷にもどり、襖がしめられた。

覚山は、亭主をうながして階へむかった。

「損をかけることになったな」

「先生、とんでもございません。襖や障子、食膳や食器を壊され、なおかつ御番所へ呼びだされる。それにくらべましたら、芸者の直し代と屋根船代ですみます。はるかに安あがりにございます」

階をおりると、つづいた亭主が両足をそろえてふかぶかと低頭した。

「先生、さっそく若い衆を走らせます。ほんとうにありがとうございました」

覚山は、顎をひき、うらのくぐり戸から住まいにもどり、よねになにがあったかを話した。

四

翌々日の十八日、またしても騒ぎがもちあがった。しかも、万松亭でであった。

暮六ツ（五時）の見まわりをおえて住まいにもどり、羽織と袴をぬいで長火鉢のまえに膝をおったとたんに、庭のくぐり戸があけられた。

「先生ッ」

万松亭の長吉だ。

いそいで腰をあげたよねが縁側の障子をあけた。

沓脱石のところにきた長吉の顔にただならぬ気配があった。

「先生、すぐにおこしください。板場で騒ぎがございました」

「あいわかった」

覚山は、着流しの腰に脇差のみをさして、沓脱石の下駄をつっかけた。

万松亭にはちいさいながら裏庭と茶室がある。案じ顔の長兵衛が、廊下に膝をおっていた。

覚山は言った。

「まずは案内《あない》してくれ」

長兵衛が腰をあげた。

「こちらでございます」

廊下にあがった覚山は長兵衛について板場にむかった。

万松亭はおおきな料理茶屋である。板場には見習をふくめて十数人の男がいる。ひとりが、膝をおり、右腕を左手でおさえていた。が、血がしたたり落ちている。

覚山は、すばやく思案をめぐらした。

この刻限は、定町廻りは年番方に一日の報告をするために町奉行所にいる。門前仲町から北町奉行所まで半里（二キロメートル）とさらにはんぶん（一キロメートル）余。駆け足で行き、柴田喜平次がいそぎかけつけたとしても、血が流れすぎてしまう。

「長兵衛どの」

「は、はい」

「客拾いの猪牙舟《ちょきぶね》に自身番屋の書役をのせて北町奉行所へいそがせ、柴田どのに迎えを」

うなずいた長兵衛が、長吉に顔をむけた。

「長吉、おまえが行きなさい」

「わかりました」

覚山は、長兵衛に言った。

「猪牙舟をもう一艘《そう》、万松亭のまえに。それに、焼酎《しょうちゅう》と晒《さらし》を。疵口《きずぐち》をしばり、八丁堀の金瘡《きんそう》（外科）医者のもとへはこぶのだ」

若い衆に猪牙舟を命じた長兵衛がおどろく。

「先生、お役人のお許しもえずにそのようなことをして、あとでやっかいなことになりませんか」

「柴田どのには拙者《せっしゃ》がわびる。このままでは血が流れすぎる」

「ありがとうございます」

長兵衛が、焼酎と晒を用意させた。

覚山は、焼酎をかけて毒消しをし、晒を幾重にもまいて縛った。

猪牙舟を呼びにいった若い衆がもどってきた。ふたりで左右からささえ、疵をおった男をつれていった。

覚山は、あとはお役人がくるまで、さわったり、うごかしたりしてはならぬと言った。

すると、板場の頭《かしら》が一歩まえへでた。

「先生《せんせえ》、つぎの座敷の下拵《したごしら》えをはじめねばなりやせん」

「そうか。床はそのままにしておけ。ほかもできるだけうごかしてはならぬ。よいな」

覚山は、長兵衛を見た。

「なにがあったのか、内所《ないしょ》で聞かせてもらえぬか」

「かしこまりました」

内所は亭主と女将がいるところである。長火鉢のまえに膝をおる。長兵衛が女将のこうに茶を言いつけた。

こうが女中を呼び、三人の茶を申しつけた。

覚山は言った。

「さて、聞こうか」

「それが、さっぱりでございます。くわしく申しあげます」

板場には三人の庖丁人がいる。三十九歳の竹造《たけぞう》と三十二歳の平吉《へいきち》と二十九歳の佳助《よしすけ》である。

それぞれに俎板《まないた》があり、竹造は肉を捌《さば》きながらふたりに眼をくばる。平吉は魚で、佳助は野菜である。

これまでは、とくになにごともなかった。三人とも、それぞれの役目をこなしていた。

「それが、暮六ツ（五時）からの料理を座敷へはこびおえていそがしさがいちだんらくしてほっとしていると、いきなりふたりが口喧嘩をはじめ、平吉が出刃庖丁で佳助に斬りつけ、そのままとびだしていったそうにございます」

「普段から仲がわるいということはなかったのか」

長兵衛が首をふる。

「いいえ。ふたりとも、もう十年あまりも板場におります。仲がうまくいってないのであれば、どちらかいっぽうに暇《ひま》をだしております」

「ふむ」

茶を喫して、火鉢で暖をとりながら待っていると、しばらくして表で若い衆の声がした。

覚山は、長兵衛とともに内所をでた。

喜平次ひとりであった。

「迎えをありがとよ。弥助は笹竹へよって手先をあつめて追ってくる」

板間にあがった喜平次に、覚山は言った。

「まずはお詫《わ》びせねばなりません」

斬られた右腕から血が流れすぎているので、許しをえずに八丁堀の金瘡医のもとへ行かせたことを告げた。

喜平次が、かすかに眉根《まゆね》をよせた。

「おいらがくるのを待ってたら助からなかったかもしれねえわけか」

「そう思いました」

「なら、それでいい。生きてれば話が聞ける。おめえさんはもういいぜ。ごくろうだったな、あとはおいらがやる」

「失礼いたしまする」

覚山は、一揖《いちゆう》して住まいへもどり、喜平次の機嫌をそこねたかもしれぬむねをよねに話した。

八丁堀でも定町廻りをなさるほどの出世頭ですから、これまでのおつきあいもあるし、だいじょうぶだと思います。

みずからがそう信じたがっている言いようであった。

翌十九日朝、いつもの刻限に庭のくぐり戸がけたたましくあけられた。

「おはようございやす、松吉でやす。今朝もよいお天気で。おじゃまさせていただきやす」

よねが縁側の障子をあけた。

朝陽のごとくあかるい松吉があらわれた。

「あっしは果報者《もん》にございやす。深川一、いや江戸一と評判だったおよねさんにこうして会える。しかも、ますます綺麗《きれえ》で。その話をすると、みな、うらやましがりやす」

「いつもありがとね。おあがりなさい」

「へい」

松吉が、手拭で足袋の埃をはたき、濡れ縁から座敷にはいって障子をしめ、膝をおった。

「先生《せんせえ》、昨夜《ゆうべ》の万松亭、聞きやした」

「もう知っておるのか」

厨の板戸があき、たきが声をかけ、居間の襖をあけた。

「おたぁきちゃぁぁぁん」

首をのばし、さながら鶏冠《とさか》を震わせせんがごとき声だ。

はいってきたたきが、膝をおって、松吉のまえに茶托ごと茶碗をおいた。

「あのな、おたきちゃん、二枚目や優男はだめだぞ。顔はよくても肚《はら》はまっ黒だ。だますことしか考《かんげ》えてねえ。そのてん、先生《せんせえ》のような男なら安心だ。まちがってもおよねさんを泣かすようなことはしねえ。そう思うだろう」

たきがうつむいて笑いをこらえ、盆をもってでていった。

覚山は言った。

「松吉」

「なんでやしょう」

「言いたいほうだいだな。それでわしを褒めているつもりか」

「むろんでやす。先生《せんせえ》は女に逃げられることはあっても、騙《だま》すような顔はしておりやせん。みな、先生《せんせえ》にあやかりてえって思ってるんでやすから」

「まあ、よい。それで、万松亭のことはいつ知ったのだ」

「昨夜《ゆうべ》のうちに知れわたっておりやす。あっしはお客を送って有川に帰《けえ》ってきて、いつもの縄暖簾で仲間から聞きやした」

「どこまでぞんじておる」

「てえしたことは知りやせん。板場で庖丁人どうしが口喧嘩になり、ひとりがもうひとりを出刃庖丁で斬ってそのまま行方《ゆくえ》をくらましたってことくれえで」

「ほう、そうなのか」

松吉がうなずく。

「今朝、仲間から聞きやしたが、北御番所の旦那がみずから万松亭においでになってたそうで。そこいらに岡っ引の手先らがいるそうでやすから、まだお縄になってねえんだと思いやす。先生《せんせえ》、庖丁人のふたり、しばらくめえまではそうでもなかったのに、ここんとこきゅうにおかしくなりだしたって聞きやした」

覚山はうなずいた。

「長兵衛どのも、なにゆえ刃物沙汰《ざた》になるほど仲が悪くなったのかさっぱりだと申しておった」

「あっしは、女じゃねえかって思いやす。それまでなんともなかった男どうしの仲がぎくしゃくしだす。銭の貸し借りなんかでしたら、口喧嘩でそれを言うでやしょうからまわりも知ってるはずで。まわりが知らねえってのは、ふたりがおなじ女に気がある。それにきまってやす」

「なるほどな。ふむ、たしかにそうかもしれぬ」

「およねさん、馳走《ごち》になりやした。先生《せんせえ》、なんか耳にしたらまためえりやす。失礼《しつれえ》しやす」

松吉が帰った。

よねの朝の稽古がはじまり、覚山は長火鉢のよこに書見台をだした。そして、松吉が言ったことを考え、朝早くから万松亭にきているのに声をかけてくれない柴田喜平次のことも気になった。

庭のくぐり戸があけられ、長兵衛の声がした。

「先生、よろしいでしょうか」

覚山は腰をあげ、縁側の障子をあけた。

沈んだ表情の長兵衛がやってきた。

「あがられよ」

「いいえ。ここで失礼させていただきます」

長兵衛が沓脱石にあがって濡れ縁に腰かけた。

覚山は、敷居をはさんで膝をおった。

「さきほどまで、北御番所の柴田さまがおいででした。まるでこころあたりがなく、たいへん申しわけなく思っております」

長兵衛が庭に眼をおとした。

万松亭は入堀通りでもっともおおきな料理茶屋で、世話役のような立場である。それが思いもかけない騒ぎをおこしてしまい、おちこんでいるようすであった。

覚山は声をかけた。

「人がなにを考え、なにを思っているか、わかるものではない。どれほど注意をはらっていても、人にはそれぞれの思惑がある。長兵衛どの、あまり気にされるな」

「ありがとうございます。これも先生のおかげでございます。この件がかたづきましたら、あらためてお礼をさせていただきます。失礼いたします」

腰をあげて躰をむけ、低頭した長兵衛が、沓脱石をおり、くぐり戸から去っていった。

昼まえに三吉がきた。柴田喜平次が夕七ツ（三時二十分）すぎにたずねたいとのことであった。覚山は、お待ちいたしておりますとこたえ、よねに告げた。

ですぎたことをするなとの小言のためかもしれない。それでも、呼びつけるのではなくわざわざ足をはこんでくれる。

よねもほっとしたようすであった。

夕七ツの鐘からすこしして、弥助がおとないをいれた。

覚山は、戸口に迎えにいってふたりを客間に招じいれた。

よねとたきが食膳をはこんできた。喜平次のまえに食膳をおいたよねが銚子《ちょうし》をとって笑みをうかべた。

「旦那、おひとつどうぞ」

「いつもすまねえな」

これまでとかわらぬ喜平次であった。

覚山は内心でいささかほっとした。

弥助にも酌をしたよねが、襖をしめて去った。

喜平次がほほえんだ。

「まずは礼《れえ》を言わなくちゃあならねえ。さっき、金瘡の先生《せんせえ》に会った。あと半刻（一時間十分）もあとなら、血の流れすぎで助けようがなかったそうだ」

「ですぎたことをしてしまい、恐縮いたしております」

「いや。おめえさんのお手柄だ。おかげで、昨夜《ゆうべ》のうちに疵をおわされた佳助から話を聞くことができた。こんなやりとりだったそうだ」

いきなり平吉がとがった声をだした。

――もたもたしてるんじゃねえ。

佳助はむっとなった。

――そんなふうに言われる筋合はねえ。

――なんだとッ。てめえ、なまいきだぞ。

「……で、いきなり出刃庖丁で斬りつけてきたらしい。なにをいらついていたのか、なんでああなったのか、まるでこころあたりがねえそうだ。たしかに言いがかりだ。なんでそうなったか、なんかきっかけがあるはずだ」

佳助は首をひねるばかりであった。

なった。三月《みつき》まえくらいからだと思う。ちょっとしたことで、皮肉や嫌みを言われるように
そのうち、売り言葉に買い言葉で言いかえすようになった。はじめのうちは我慢していた。

佳助は、しだいに平吉と口をきかなくなった。しかし、平吉はかわらなかった。むしろ、ますます言いように棘《とげ》をふくむようになった。

「……人は、てめえで気づかねえひと言やなんかで、あいてを傷つけ、怒らすことがある。なにがきっかけだったにしろ、平吉は出刃庖丁をもって逃げ隠れしてる」

平吉は猪ノ口橋をわたった門前山本町の裏店に独り住まいだが、帰ったようすがない。

斬られた佳助は、門前仲町の入堀通りから油堀にでてすぐの黒江町《くろえちよう》の裏店に住んでいる。佳助も独り身だ。

「……逃げ隠れし、たぶん正気を失ってる。佳助には、姿を見たらすぐに逃げろって言ってある。どれくれえ銭をもってるかしらねえが、岡場所あたりで寝泊りしてるにしろ、ほかの奴を疵つけるめえになんとかお縄にしてえ。で、安次の件は駿介にたのみ、おいらは平吉を追わせてる」

松吉が言っていたことを話したほうがよくはないかと脳裡をかすめたが、覚山はひ

かえた。

喜平次がつづけた。

「おめえさんは毎晩見まわりをしてるし、船頭や駕籠舁らに信用されてる。おめえさんになら、おいらたちより話すはずだ。なんか耳にしたら報せてくんな」

「かしこまりました」

「馳走《ちそう》になった。およねによろしくな」

喜平次が刀をとった。

覚山は、戸口で膝をおり、ふたりを見送った。

翌二十日の長吉の朝稽古を、覚山はやや早めにおえた。沓脱石のすみにあがって濡れ縁に腰かけ、長吉に話があるのでよこにくるよう言った。

「失礼します」

長吉が濡れ縁に浅く腰をおろした。

覚山は、顔をむけた。

「長兵衛どののようすはどうだ」

「はい。お店《たな》であのような不始末がおきてしまったことがだいぶこたえているようにございます」

「板場へは、長兵衛どのより長吉のほうがよく顔をだしているのではないか」

「はい。毎日座敷まえには板場へまいります。先生、ですが、ふたりがぎくしゃくしているのは感じておりましたが、まさかあそこまでとは思いもしませんでした」

「なにかきっかけがあったはずだ。たとえばだが、女中はどうだ。ふたりしてひとりの女中に気があったってことはないか」

　長吉が首をかしげた。

　すこしして、顔をむけた。

「手前の勘違いかもしれません」

「話してくれ」

「はい。先生、板場の者はそのつどやといます。ですが、ごぞんじと思いますが、女中は三月の出代りからです。六月になってから、父が女中をひとり雇いました」

　名ははな、十八歳。仲夏五月すえまで、大通りの一ノ鳥居から八幡橋のほうへ一町（約一〇九メートル）ちかく行った西念寺《さいねんじ》となりの黒江町の横道にある居酒屋にいた。

　ところが、そこが五月まつで店仕舞いをしてしまった。

　はなはなかなかの別嬪である。十八まで嫁にいかずにいたのは、父親が病で臥《ふ》せっているからであった。母親も内職をしているが、はなの稼ぎが生活《たずき》をささえていた。

住まいは西念寺うらの門前仲町の裏店である。事情をよく知る家主の吉右衛門《きちえもん》が長兵衛にたのみこみ、やとうことになったのだった。

「……そんなわけで、おはなは立場をわきまえておりますから、ひかえめで、陰日向《かげひなた》なくつとめております。古くからの女中たちも、おはなの事情を知っておりますので、みな、よくしております。考えてみますと、平吉が佳助につっかかるようになったのは、それからしばらくしてからだったように思います。ですが、先生、手前はおはなが、色眼をつかうなどふしだらなことをしたとは思えません」

「さもあろう。長吉、あとでおはなをわしのところによこしてもらえまいか。そうだな、袱紗包みでももたせ、返事をもらってくるようにとか申してな」

「やってみます」

腰をあげて一礼した長吉が、くぐり戸をあけて去った。

湯屋からもどってすこしして、庭のくぐり戸があけられた。

「あのう、先生、はなと申します。若旦那さまの使いでまいりました」

よねが、縁側の障子をあけて、あがるように言った。

敷居をまたいで躰をよこにして膝をおったはなが、障子をしめて、膝をめぐらし、いったんよこにおいてあった袱紗包みをまえにもってきた。

三つ指をついてふかぶかと低頭する。

表情に愁《うれ》いがある。それもふくめ、たしかに美形であった。

上体をなおしたはなが口をひらいた。

「若旦那さまが、お眼をとおしてくださり、お返事をとのことにございます」

よねが膝立ちになってうけとった。覚山は、よねがさしだした袱紗包みを長火鉢の隅においた。

「じつはな、ちとおはなと話がしたいのでわしが長吉にたのんだのだ」

はなが小首をかしげる。

「先生が、あたしに。どういうことでございましょう」

「平吉と佳助のことだ」

はなの表情がこわばる。

「あたしはなにもしておりません。ほんとです」

覚山は、まをおき、やさしく言った。

「それはわかっておる。つまり、なにかあったのだな。話してもらえぬか。それでおはなの立場がわるくなるようなことはない。約束しよう」

はなが畳に眼をおとす。

覚山は待った。

ほどなく、はなが顔をあげた。

「申しあげます。いちど、平吉さんに声をかけられたことがございます。こんな言いかたでした。おはなちゃんもてえへんだな、こまったことがあれば、遠慮しねえで相談してくんな。それだけでございます。佳助さんには、いちど、饅頭《まんじゅう》をいただいたことがございます」

「おなじころから」

「はい」

「どっちがさきだ」

「平吉さんのほうでした」

「わかった」

覚山に、よねに袱紗包みをわたした。

「長吉には、承知したとつたえてもらえぬか」

「かしこまりました」

低頭したはなが、障子を開閉して去っていった。

よねが笑みをこぼした。

「色恋のことなら松吉ですね」

「たしかにな」

よねの稽古がはじまり、覚山はたきを万松亭へ使いにやって、長兵衛にできればおこし願いたいとつたえさせた。

すぐに長兵衛がやってきた。

覚山は、長火鉢のちかくによるように言って、たきに茶を申しつけた。

ふたりの茶をもってきたたきが襖をしめて厨へもどった。

覚山は、今朝からのできごとを語った。

長兵衛は驚いたようであった。

覚山は言った。

「おはなに、これで立場がわるくなることはないと約束した」

「むろんにございます。親孝行のよい娘にございます」

「かたじけない。それでな、平吉がどこに隠れているにせよ、いずれは銭が底をつく。手形がなくても行ける城下町にもぐりこみ、深川ではまずいゆえ、名をかえ、柳橋なり山谷なりの料理茶屋で板場にいたといえば、重宝されるであろう。平吉ははなに想いをよせていた。そして、たぶん、佳助がはなに饅頭をわたすのを見た。佳助もまんざらではなかったろう。平吉は、江戸を去るまえに、はなに会いにいく。惚れた女の顔を見てからと思うのではあるまいか」

　長兵衛がうなずく。

「仰《おお》せのとおりだと思います」

「はなのつとめはいつまでだ」

「先生には夜四ツ（九時四十分）までおきてもらっております。が、たいがいのお客さまは町木戸がしまってしまいますので、その半刻（一時間十分）まえあたりにはおひきあげになられます。ただ、まれに酔って夜四ツまですごされるお客もおりますゆえ、先生にはそのように願っているしだいにございます」

　女中はのこらず万松亭からさほど離れていないところに住まいがある。夜五ツ半（八時三十分）のお客が帰ったあとでおおいそぎでかたづけをして、たいがい小半刻（三十五分）たらずで帰路につく。

　門前仲町の裏通りに住まいがあるのは三人いて、はながいちばん遠い。といっても、ふたりめから十間（約一八メートル）と離れていない。

　覚山は訊いた。

「はなの住まいの間取りは」

「行ったことはございません。四畳半二間で、奥に父親が臥せってると聞いております。おはなはまえの四畳半で寝ているのでございましょう。二間ですから一間より店賃が高くつきます。たまに、残った料理を両親《ふたおや》といっしょに食べるようにともたせております」

「さようか。ならばこうしたい。はなが帰るまえに拙者ははなの住まいへ行く。そして、夜四ツの鐘まで待つ。数日つづけ、平吉があらわれないのであれば、あきらめる。そのむねはなを説得してもらえぬか」

「かしこまりました。夕刻までに長吉をよこします。先生、なにかとお礼を申します。このとおりにございます」

うしろに躰をずらした長兵衛が畳に両手をついて低頭した。

長吉がきたのは、昼八ツ（一時四十分）の鐘が鳴ってほどなくだった。

はなは今宵からということで承知したという。長吉もはなの住まいには行ったことがない。だが、たいがいの場所は聞いてきていた。

これから長吉が住まいまで同道し、はなの母親に事情《わけ》を話すという。

覚山は、したくをして長吉とでかけた。

はなの母親は、わざわざ若旦那さまにおこしいただきと恐縮しきりであった。長兵衛の頼みであり、覚山が夜五ツ半じぶんから夜四ツまでいるのを承知した。

この夜はなにごともなかった。

翌二十一日の夜。

はながが帰ってきてすこしして、上《あが》り框《かまち》に腰かけていた覚山は、しのびよる気配に眉根をよせた。

うしろにいるはなに顔をむけ、うなずく。

はなが息をのむ。

声をたてぬよう言いふくめてある。

覚山は、顔をもどした。

雨戸の隙間からささやく声があった。

「おはなちゃん、平吉だ。あんなことになっちまったんは佳助のせえだ。明日、小田《お》原《だ》城下へ行くことにした。もう二度と会えねえ。別れが言いてえんだ。お願《ねげ》えだ、雨戸をあけ、ちょいとだけ顔をみせてくんねえか」

覚山は、腰をあげ、腰高障子をひき、心張り棒をはずした。

雨戸をひく。

行灯《あんどん》のあかりにうかんだ平吉の顔が、期待から驚愕《きょうがく》にかわる。

身をひるがえそうとする。

覚山は、右腕をつかみ、背にねじりあげた。

「痛《いて》え。なにしやがる」

「黙れ」

はい、はなに顔をむけてうなずき、平吉をせきたてた。

湯屋かどの横道から表通りへでて自身番屋へ行った。

町役人が驚いた顔でむかえた。

「先生、このような刻限になにごとでございましょう」

「八丁堀の柴田どのにいそぎ報せてもらいたい。万松亭で騒ぎをおこした平吉をおさえましたとな」

「わかりました」

書役がぶら提灯を手に駆けていった。

覚山は、濡れ縁に腰かけ、右腕をねじりあげたままの平吉をよこにかけさせた。

やがて夜四ツの鐘が鳴った。きまりであり、番太郎が町木戸をしめた。

なおしばらくして、数名が駆けつけ、喜平次が怒鳴った。

「北御番所の柴田だ、木戸をあけな」

すぐに町木戸があけられた。

自身番屋は、腰高の囲いがあり、砂利が敷かれている。

はいってきた喜平次が言った。

「くわしいことは明日聞く。……弥助」

「へい」

「縄を打ちな」

「わかりやした」

弥助が手早く縄を打ち、平吉はひったてられていった。

覚山は住まいにもどった。

第四章　後手

一

翌二十二日朝、湯屋《ゆうや》からもどってくつろいでいると、戸口の格子戸があけられ、三吉がおとないをいれた。

覚山は戸口へいそいだ。

三吉がぺこりと辞儀をする。

「先生《せんせえ》、柴田の旦那が朝早くから申しわけねえが、あっしといっしょに笹竹《ささたけ》まできていただけねえかっておっしゃっておられやす」

「すぐにしたくをする」

居間では、よねが袴《はかま》を手にしていた。

覚山は、羽織袴の腰に大小のみで戸口にもどった。

三吉は表にでていた。

路地から裏通りを行き、湯屋のかどをおれて表通りにでる。

江戸は独り身がおおいので、笹竹もかんたんな朝餉《あさげ》をだしている。それがいちだんらくした刻限である。

三吉が、暖簾《のれん》をわけて腰高障子をあけ声をかけた。

「お連れしやした」

女将《おかみ》のきよが笑顔でむかえる。

奥の六畳間には喜平次と弥助がいて、食膳ではなく茶托《ちゃたく》と茶碗があった。

覚山は、刀をはずして六畳間にあがり、いつもの壁を背にして膝《ひざ》をおった。

茶をもってきたきよが、土間におりて障子をしめた。

喜平次が言った。

「朝の見まわりを臨時廻りどのにお願《ねげ》えしてある。さっそくだが、くわしく聞かせてもらいてえ」

覚山は、松吉が女がらみにちがいないと言ったことから、はなの住まいで平吉《へいきち》を待ちうけたことまでを語った。

　喜平次が吐息をもらした。

「おめえさん、金瘡《きんそう》（外科）の先生《せんせえ》の件を気にしてるようだな。いいかい、おめえさんは正しかった。おかげで佳助《よしすけ》は死なずにすんだ。平吉も首がとばずにすむ。おいら、気にしちゃあいねえ。それをはっきりさせておきてえ」

「うけたまわりました。お礼を申しまする」

「礼《れえ》を言わなくちゃあならねえのはおいらのほうだ。平吉の言いぶんはこうだ」

　はなに眼をつけたのは平吉のほうがはやかった。あとからでしゃばった佳助が、饅《まん》頭《じゅう》で機嫌をとろうとしていた。しかも、平吉が声をかけたさいはうつむきかげんであったはなが、佳助から饅頭をもらうさいはうれしげであった。

　それで、気づかぬうちに、佳助に嫌みを言ったりするようになっていた。

「……平吉より佳助のほうがいい男だ。あの夜、かっとなり、我知らず出刃庖丁で斬りつけていたそうだ。けっして殺《あや》めるつもりはなかったと申しひらきをしてる。ということよ。おいらは、これから御番所へ行き、年番方にご報告して、昼から見まわりをかわる。明日《あす》からは、おいらも安次《やすじ》の件にかかれる。しまと信兵衛《しんべえ》の死骸《しげえ》が見つかったんが、八月二十七日。やがてふた月になる。こっちも、なんとかはええとこ目処《めど》をつけなくちゃあならねえ。朝っぱらからすまなかったな。もういいぜ」

「失礼いたしまする」

覚山は、刀をもち、笹竹をあとにした。

暮六ツ（五時）の見まわりにでると、堀留の両脇と門前山本町の名無し橋のたもとに地廻りがいた。

夜五ツ（七時二十分）の見まわりでも、おなじ者とおぼしきのがいた。額に痣《あざ》がある者や、瘤《こぶ》を隠すために手拭《てぬぐい》で鉢巻をしている者がふえた。

瘤や痣のない者にかぎって睨《にら》みつけてくる。

しかけてこぬかぎり手をだすつもりはない。覚山は、見まわりをつづけた。

地廻りは、喧嘩《けんか》こそしないものの、たがいにきそいあっているようであった。

五日後の二十七日。

昼まえに三吉がきた。夕七ツ（三時二十分）すぎに柴田喜平次がたずねたいとのことであった。覚山は承知してよねに告げた。

夕七ツの鐘からすこしして弥助がおとないをいれた。

覚山は、迎えにでて、ふたりを客間に招じいれた。

よねとたきが食膳をはこんできて、よねが喜平次から酌をしているあいだにたきが弥助の食膳をもってきた。

弥助にも酌をしたよねが、廊下にでて襖をしめた。

喜平次がほほえんだ。

「朝っぱらから笹竹にきてもらったんは二十二日だった。じつはな、翌朝も臨時廻りどのに見まわりをお願《ねげ》えして、信兵衛んとこへかよってたこうに会った。いきづまったらはじめからってな。なにか見おとしてることがあるかもしれねえ。で、町内《ちょうねえ》じゃあ具合《ぐええ》がわるかろうから、横川ぞいの島崎町《しまざきちょう》の蕎麦屋《そば》へ連れてった。あのあたりじゃあ、まあまあ旨《うめ》え蕎麦屋なんだ」

ほかに客はいなかった。こうを腰掛台にかけさせ、喜平次は弥助とともにむかいの腰掛台にかけた。そして、三人ぶんのざる蕎麦をたのんだ。

仲秋八月二十六日にかんしては、めあたらしいことはなにもなかった。

信兵衛の人柄に話をむけると、こうがほんとうにとてもいい旦那さまでしたと言った。うらの畑を借りている者をふくめて悪く言う者はひとりもいなかった。

そうそう、とこうがなつかしげな表情になった。

毎年、仕出し弁当をたのんで、うらに住む四人をさそって屋根船で隅田堤《すみだづつみ》に花見に行っていた。弁当や吸筒《すいづつ》(水筒)などがあるので、こうも毎年ともをした。

喜平次はうながした。

——ふうん、そうかい。そいつはたのしかったろうな。

——はい、とても。

ほんのわずかなまがあった。

——そういえば、この春は、おきちさんが、急な用を想いだしたと途中で帰ってしまいました。そろそろ弁当をひろげようかとなっても、おきちさんがもどらないので、あたしがさがしに行きました。

きちは三十路前後で、三味と踊りを教えている。

——すると、おきちさんが、桜の陰で商人《あきんど》と親しげに話していました。あたしはわるいのを見てしまったと思い、もどりました。弁当をひろげてすぐに、おきちさんがきて、旦那さまに急な用を想いだしたので帰らしてくださいと言いました。旦那さまは、いやな顔ひとつするでなく、ああいいよ、と言いました。

おきちさんは、いそぎ足で水戸さまのお屋敷のほうへ行きました。

「……ひょっとしたら、とひっかかった。その商人についてくわしく訊《き》くと、なにしろちらっと見ただけですからとことわりながらこたえた。年齢《とし》のころは四十くれえ。身の丈五尺六寸（約一六八センチメートル）あまり。肩幅もあった」

覚山は、眼をみはり、つぶやいた。

「塩問屋の住吉屋《すみよし》宗兵衛《そうべえ》」

喜平次が顎《あご》をひく。

「おいらもすぐにうかんだ。だが、花見でこうがちらっと見ただけだ。五尺六、七寸でたくましい躰《からだ》つきの商人ならほかにもいる。だからといって、きちをつっつくわけにはいかねえ。こうの勘違《かんちげ》えだって言われたらそれまでだ。その夜、八丁堀で駿介と会い、柳橋で遊んでたころの住吉屋宗兵衛のあいてをさがすことにした」

置屋は客のことを話したがらない。住吉屋宗兵衛がいまだに柳橋にかよっているなら、置屋の口もかたかったろう。

ところが、今年の晩春三月から、住吉屋宗兵衛はいっさい柳橋にこなくなった。二年あまり、せっせとかよい、つぎこんでいた年増芸者の舞袖《まいそで》に虚仮《こけ》にされてしまった。舞袖が宗兵衛に抱かれ、みつがせていたのは、前借を返し、好いた男と夫婦《めおと》になるためであった。

柳橋ではよく知られた話だ。

喜平次と駿介は、手先らに柳橋の置屋をのこらずあたらせた。

見限った客に遠慮はいらない。

そういえばあの妓《こ》も、この妓もと名があがった。そのなかのひとりが、きちであった。

宗兵衛とは、八年ほどまえに一年ちかくつづいた。宗兵衛はつまみ食いをしながらも、気がむけばきちを出合茶屋へ誘っていた。

そのきちも、落籍《みうけ》され、向島《むこうじま》の寮に囲われた。

妾《めかけ》はせいぜい数年である。手切れ銀をもらい、つぎの旦那をさがす。置屋ではその後のきちについては知らなかった。

「……こういうことじゃねえかって思う。花見の日に、ふたりは出合茶屋へ行った。さもなくば、きちは急な用とことわらねえはずだ」

なつかしさから、いまどうしてる、どこに住んでるとなる。

海辺新田の信兵衛の貸家と知り、宗兵衛は内心でおどろいたろう。きちが店賃《たなちん》が安くてとてもたすかってると言い、住まいを貸しているのは道楽みたいなもので、生涯こまらないだけの貯えがある。

いちどだけでなく、いくたびか会い、宗兵衛は、さりげなく水をむけてくわしく聞く。おそらく、昔より銭をはずんだ。

きちはなんの疑いもいだかずに知っていることを話した。

「……宗兵衛は、信兵衛が一生暮らせるだけの貯えがあるんを知ってた。宗兵衛も商人だ。店賃を安くしてもすむくれえだから、そこそこの貯えだってことがわかる。その出所が両替屋の大江屋《おおえ》となれば、かなりの額であろうこともな。あとは、殺しをうけおった者《もん》だ。そいつがわかれば、宗兵衛をお縄にできる。宗兵衛のしわざじゃねえかってのもあらためて考《かん》えたが《げ》、やはりそれなら信兵衛のあの死にざまはねえ。あらがったはずだ」

それからほどなく、料理を食べた喜平次と弥助が辞去した。

翌二十八日も快晴だった。

湯屋からもどってすこしして、庭のくぐり戸が、あかるく、けたたましくあけられた。

「おはようございやす。松吉でやす。今日もよいお天気で。おじゃまさせていただきやす」

よねが縁側の障子をあけた。

松吉がにこやかな顔をみせた。

「およねさん、ますますお綺麗《きれえ》で。おてんとうさまも喜んでおりやす」

「いつも気をつかわせるわね」

「気はつかっておりやせん。思うことを口にしているまでで」

よねが笑みをこぼした。

「おあがりなさい」

「へい」

足袋《たび》の埃《ほこり》をはらった松吉が、濡れ縁からあがってきて、障子をしめて膝をおった。

「先生《せんせえ》、万松亭の庖丁人のこと、評判ですぜ。さすが先生《せんせえ》とみな言っておりやす」

「松吉のおかげだ。ふたりがおなじ女に気があると言ってくれたんで、そうかもしれぬとさぐってみた。松吉のお手柄だ」

「とんでもございやせん。あっしは、頭にうかんだことを申しあげたまでで。……おたぁきちゃぁぁぁん」

はいってきたたきが松吉のまえに茶托と茶碗をおいた。

「おたきちゃん。冬がおわれば、正月。けど、春になったからって、むりして年齢《とし》をくわえることはねえからな。おたきちゃんはかわいいんだから、しばらくは十五のまんまでいい」

たきが盆をもって居間をでていった。

松吉が顔をもどした。

「ですが、先生《せんせえ》に手柄だっておっしゃっていただくと、なんかちょっぴり誇らしい気分になりやす」

「だからと申して、自慢したりするのではないぞ」

「わかっておりやす。野暮《やぼ》は嫌われやす。先生《せんせえ》、おもしれえことを聞きやした」

「ほう、話してくれ」

「木場《きば》からなら、蓬莱《ほうらい》橋かいわいの料理茶屋のほうがずっとちけえ。にもかかわらず、川並《かわなみ》は、このところ、入堀通りにくるようになってるそうで。はっきりそう言ってると耳にしたわけじゃありやせんが、入堀通りは用心棒の先生《せんせえ》がおられるんでめんどうにまきこまれずにすむからだって話してるらしいでやす。……およねさん、馳走《ごち》になりやした。先生《せんせえ》、失礼《しつれえ》しやす」

松吉が去った。

この日も、暮六ツ（五時）の見まわりにでると、堀留の両脇に地廻りが四名ずつたむろしていた。

夜五ツ（七時二十分）の見まわりでは、門前仲町入堀通りの堀留に羽織袴姿があった。

名無し橋をすぎたところで、誰だかわかった。

河井玄隆《かわいげんりゆう》。四十五歳。痩身。身の丈五尺六寸（約一六八センチメートル）。為助《ためすけ》一家の用心棒である。以前にいちど、堀留で待ちうけていたことがある。

覚山は、用心深くちかづいた。

玄隆が顔をむけた。

「九頭竜どの、憶《おぼ》えておいでてでござりましょうや」

覚山はうなずいた。

「いちど、ここでお眼にかかった」

「話したきことがござりまする。できますればこれへ」

玄隆が入堀に躰をむけ、右によった。

左の者は抜刀してあいてを斬ることができる。右の者は刀を抜き、左をむかねばならない。

覚山は、半間（約九〇センチメートル）ほどあいだをあけてならんだ。

玄隆が言った。

「存念をお聞かせねがいたい。なにゆえ額を」

覚山はこたえた。

「右手首を打って匕首《あいくち》を落とせば、左手で拾うやもしれませぬ。水月《みぞおち》に突きをいれれば、死ぬこともありまする。額なら、痛みに頭がふらつき、しばらくは刃向かえますまい」

「うけたまわりました。額に瘤や痣ができ、子分どもにうらまれておりまする。ご承知おきを」

玄隆が、背をむけて去っていった。

翌二十九日朝、覚山は玄隆とのやりとりを書状にして、たきに笹竹へとどけさせた。

夕七ツ（三時二十分）の鐘からほどなく、戸口の格子戸があけられ、弥助がおとないをいれた。

覚山は戸口へ行った。

土間に柴田喜平次と弥助がいた。

覚山は言った。

「どうぞおあがりください」

「いや、すぐにすむ。文をありがとよ。河井玄隆がおめえさんのめえにあらわれるんは二度めだったな」

「さようにござりまする」

「奴は、用心棒というよりも為助の懐刀《ふところがたな》のようなものだ。為助と玄隆の内儀は従姉妹《いとこ》だって聞いてる。ちいさな庭で盆栽をしているそうだ。奴の言いようからすると、子分にうらまれてる、ことわりもなく襲うかもしれねえが、為助はかかわりねえ。そんなところかな。じゅうぶんに用心してくんな。それだけだ、じゃあな」

喜平次が背をむけて敷居をまたぎ、つづいた弥助が格子戸をしめた。

二

仲冬十一月になった。

見まわりのおりにたいがい地廻りをみかけるようになった。

江戸の地廻りは、廻り方だけでは小悪党まで抑えることができないので町奉行所の眼こぼしである。

覚山を多勢で襲えばどうなるか。騒動であり、たちまち町奉行所につぶされてしまう。

得物も匕首にきまっている。

旅姿なら道中差《どうちゅうざし》を腰にできる。決まりでは脇差でなければならないが、博徒は刀をさしている。

脇差は、刀身が、一尺（約三〇センチメートル）以下が小脇差、一尺七寸（約五一センチメートル）までが中脇差、一尺九寸（約五七センチメートル）までが大脇差である。

刀は二尺（約六〇センチメートル）以上だ。

男の額に瘤や痣をつくる。恨みをかうであろうことは承知している。それがいやなら、手出しをひかえればよい。

親分に命じられても肯《がえ》んじえないのであれば、杯を返して足を洗えばよい。

覚山は、しかけてくるかぎりは容赦なく額に瘤をつくってやるつもりでいる。

三日の暮六ツ（五時）。見まわりにでると、門前仲町の堀留かどに威勢のよさそうな若いのが三名いた。

左が声をはりあげた。

「やい、さんぴんッ」

覚山は、立ちどまって躰をむけた。

「わしのことか」

「ほかに誰がいる。夜な夜なうろうろしやがって。眼ざわりなんだよ」

「おまえらこそな」

「なんだとッ」

三名が懐に右手をつっこんで匕首を抜いた。

覚山は、八角棒を抜いてとびこんだ。

手首を打ち、額に痛打。

――ポカッ。

――ポカッ。

――ポカッ。

三名が両手で額をおさえてうずくまる。

「たわけめ」

覚山は見まわりをつづけた。

いつまでつづくのかとのむなしさがある。しかし、ほかの地廻り一家もあおって襲わせつづけるのが河井玄隆の策かもしれない。心に隙《すき》ができれば、そこをつかれる。

達人といえども、油断はある。

翌四日朝、いつもの刻限に庭のくぐり戸があけられたがいきおいがなかった。

「おはようございやす。松吉でやす。おじゃまさせていただきやす」

声にも元気がない。

よねが、小首をかしげながら縁側の障子をあけた。

顔をだした松吉が言った。

「およねさんが所帯《しょてえ》をもっても、綺麗《きれえ》なまんまというのはあいてが先生《せんせえ》だからでやしようね。つくづく、しみじみ、あらためて、男は顔じゃねえって思いやす」

覚山は言った。

「松吉、いきなり挨拶《あいさつ》だな」

「先生《せんせえ》のこと、褒《ほ》めてるんでやすから気にしねえでおくんなさい」

よねが、笑みをこぼした。

「おあがりなさい」

「へい。ありがとうございやす」

濡れ縁からあがってきた松吉が、障子をしめて膝をおった。

厨《くりや》の板戸が開閉し、廊下でたきが声をかけて襖《ふすま》をあけた。いつもとちがい、松吉は鶏冠《とさか》を震わすがごとき声をあげなかった。

たきも拍子抜けしたようであった。松吉のまえに茶托と茶碗をおくと、盆をもってでていった。

覚山は訊いた。

「どうした」

「へい。噂《うわさ》でやすが、友助が暗《くれ》え顔をしてるそうで。旦那とあんましうまくいってねえんじゃねえでやしょうか」

「誰に聞いた」

「縄暖簾での噂話でやす。……そうか、そうでやすよね、申しあげやす」

有川は屋根船と猪牙舟《ちょきぶね》だけだが、荷舟や釣舟をもっぱらにしているちいさな船宿もある。そういったところは、たいがい菱垣《ひがき》廻船や樽《たる》廻船の水夫《かこ》らの宿でもある。

横川あたりまでなら、魚売りや青物売りが毎朝やってくるが、横川をこえた竪《たて》川や小名木《おなき》川ぞいは荷舟で売りにいくことになる。それも、誰がどこの荷舟をつかってどのあたりというふうにきまっている。

「……毎日《めえにち》かよっておりやすから、いろんな噂を耳にしやす。おなし船頭仲間でやすから、縄暖簾でそういったことも耳にへえるわけでやす」

「それで」

「へい。友助んとこへかよってる百姓の女房が、このところ暗《くれ》え顔をしてるし、旦那とうまくいってねえんじゃねえかって話してたそうで」

「まだひと月と数日であろう」

「あっしもそう思うんでやすが、よくねえ旦那にあたってしまったかもしれやせん。それを考《かんげ》えると、なんか気の毒で。……およねさん、馳走《ごち》になりやした。先生《せんせえ》、失礼《しつれえ》しやす」

松吉が、障子をしめて去り、よねがため息をついた。

「落籍《みうけ》は、それがいちばんの心配ごとです。はたしていい旦那さんか、すぐに飽きられて縁切りされるのではあるまいか。かわいそうに」

住吉屋宗兵衛はものごとが思いどおりにはこばず、あせり、いらだっているのであろう。

ほんらいであれば、信兵衛の財産をとうに手にいれている。それがなかなか思いどおりにいかないところへ、両替屋の大江屋がかかわりだした。

地所と貯えを信兵衛にゆずるとの証文がなければ、財産は大江屋のものである。

住吉屋宗兵衛にとってはおおいに思惑《おもわく》ちがいであろう。

よねが言った。

「先生」

「ん」

「松吉が言うのを気にすることはありません。そんなにへんな顔なら、あたしだって好きになったりはしません。それに、松吉によればどこかの妓《こ》が言ってたそうですが、先生はどことなくかわいいところがあります」

「照れるな。だが、よねにそう言ってもらえればうれしい」

よねがたきを呼んで松吉の茶碗をかたづけさせた。

その夜は、むろんのこと、ひとつ布団に枕がならべてあった。

欣喜雀躍《きんきじゃくやく》、奮励奮闘。だがしかし、しのび、こらえたが、力およばず、討死してしまった。

翌五日は、筑波颪《つくばおろし》が吹きすさび、埃をまいあげた。火事を報せる半鐘《はんしょう》を心配したが、さいわいにも鳴ることはなかった。

六日はよく晴れた。

昼まえに三吉がきて、柴田喜平次が夕七ツ（三時二十分）すぎにたずねたいとのことであった。

覚山は承知して、よねに告げた。

夕七ツの鐘からほどなくして、弥助がおとないをいれた。

覚山は、迎えにでてふたりを客間に招じいれた。

よねとたきが食膳をもってきて、よねが弥助にも酌をして客間の襖をしめた。

喜平次は機嫌がよさそうであった。

「案内人《あんねえにん》にそれらしいのが見つかった」

「それはようございました」

「まだたしかってわけじゃねえがな。名は助造《すけぞう》、年齢《とし》は五十ちけえ。駿介と手分けしてまわりをさぐらせてる」

助造は、案内人の古顔であり、顔役であった。だから、案内人らは助造についてはいっそう口がかたかった。

町方がなにやらさぐっているのに、案内人らは気づいている。馴染《なじみ》の居酒屋に見知らぬ者が顔をだすと、口をつぐんでしまう。

それでも、根気よくさぐる。ことに、世間では下っ引と呼ばれ、手先であるのを隠して探索にあたっている者らがわずかずつつかむ。

助造は五寸釘《ごすんくぎ》打ちが得手である。客は、もっぱら博奕《ばくち》をうちにくる者がおおい。助造は、旗本屋敷の中間《ちゅうげん》長屋の賭場《とば》に何箇所か顔がきくようであった。旗本屋敷での博奕。田舎からの者にはそれがおおきなおどろきのようであった。

まずは勝たせる。それから、元手がそこそこ減るくらいに負けさせる。

賽《さい》の目がかわったからと、ひきあげさせる。聞かぬ客には貸元がすごむ。

江戸に博奕にくる客はけっこういる。毎日かよう者もだ。助造は、そんな客をうまくあしらっている。助造を名指しで旅籠《はたご》に草鞋《わらじ》をぬぐ客もいる。したがって、旅籠でも助造をたいせつにした。

「……噂がある。助造の客が何名《なんめえ》か、国へ帰《けえ》ってねえってんだ。身内がさがしにきて、ちゃんと旅籠をでてるのをたしかめ、道中で追剝《おいはぎ》強盗にでくわしてしまったかもしれねえって、あきらめて帰《けえ》るそうだ。おいらたちも、噂だけでたしかなことをつかんじゃいねえんだが、こういうことがある」

四宿には死骸をかたづけるのを生業《なりわい》にしている者らがいるという。

やりくちはこうだ。

死骸を早桶《はやおけ》にいれて、荒れ寺の墓場に埋める。そこいらにある卒塔婆《そとば》を立てておけば、無縁仏だと思ってあらためる者はいない。

「……博奕には揉《も》め事がつきものだ。助造はそうやってめんどうな客を始末してるのかもしれねえ。それに、助造だってたのまれれば女の世話をする。海辺新田の女ら三人に客をとらせてるのがわかったとしても、安次はなんも言えなかったろうよ」

喜平次が諸白《もろはく》を注いで喉《のど》をうるおした。

「……親類縁者まであたらせてるんだが、住吉屋と案内人《あんねえにん》、もしくは案内人《あんねえにん》にかかわりがありそうな者《もん》はまだつかめていねえ。手先らにはあきらめずにつづけさせてる。もしかしたら、住吉屋宗兵衛が柳橋で遊んでたころに、かかわりができたかもしれねえんで、それもほかの手先らにあたらせてる。どうしてえ、気になることがあるのかい」

「いいえ、そうではございませぬ。昨日の朝、松吉がきておりました」

覚山は友助の話をした。

喜平次が鼻孔から息をもらした。

「おめえさんの言うとおりだろうよ。思いどおりにいかねえんでいらつき、それで友助にあたってる。そうにちげえねえっておいらも思う。宗兵衛がお縄になりゃあ、おのずと友助は縁切りだ。運がなかったとしか言えねえな」

それからほどなく、料理を食べた喜平次と弥助が辞去した。

覚山は、戸口で膝をおって見送った。

仲冬にしては陽射しがあったが、陽が相模《さがみ》の空にかたむくにつれて冬らしくなっていった。

暮六ツ（五時）の見まわりにでると、入堀を吹いてくる冬の棘《とげ》が肌を刺した。

入堀通りの堀留かどに地廻りが四名いた。名無し橋をすぎると、肩をいからせ、あきらかにしかける気まんまんであった。

四名が入堀通りをふさいでよこにひろがった。

右端が怒鳴った。

「てめえッ、めざわりなんだよッ」

「無礼な口をきくでない」

「ふん。やっちまえッ」

四名が懐から匕首を抜いて突っこんできた。いっせいにかかれば、疵《きず》をおわすことができるかもしれない。

覚山は待った。

一間（約一・八メートル）を割る。

うしろへ跳び、宙で八角棒を抜く。

あっけにとられて蹈鞴《たたら》を踏む者がいる。

右足が、左足が地面をとらえ、まえへとびこむ。

匕首を握る右手首を打ち、額に痛打。

――ポカッ。

――ポカッ。

――ポカッ。

――ポカッ。

たちまち四名が額をおさえてうずくまる。

覚山は、見まわりをつづけた。門前山本町の入堀通りにはいると、名無し橋のたもとに地廻りが三名いた。

まんなかをゆっくりとすすむ。

ちかづくと、三人もあきらかにしかける気のようであった。その気配が、肩にみなぎっている。

覚山は、ちらとも見ずに、とおりすぎた。

背後から殺気。

まえに跳び、宙で躰をひねって八角棒を抜く。

三名が匕首を突きだしてつっこんでくる。なにやら必死の形相だ。

覚山は、一歩踏みこみ、おなじく右手首を打って匕首を落とし、額に痛撃をあびせた。

三名が両手で額をおさえてうずくまる。

覚山は、踵《きびす》を返して見まわりをつづけた。

猪《い》ノ口《くち》橋をわたると、料理茶屋青柳《あおやぎ》まえの堀ばたに乗物（武家駕籠《かご》）がおかれ、両脇で陸尺《ろくしゃく》と供侍が片膝をついていた。

客は大身旗本である。

覚山は、住まいにもどり、夜五ツ（七時二十分）の鐘で見まわりにでた。

万松亭へ小田原提灯《おだわらぢょうちん》をあずけにいきながら眼をやると、青柳のまえにまだ乗物があった。

これはめずらしいと覚山は思った。

旗本が料理茶屋へくるのは、たいがい昼八ツ半（二時三十分）から夕七ツ半（四時十分）までのひと座敷か、夕七ツ（三時二十分）から暮六ツ（五時）までのひと座敷である。たてまえとしては、城勤めの者は暮六ツまでに屋敷にもどっておらねばならない。

半刻（一時間十分）のなおしをいれるにしろ、この刻限になって供侍つきの乗物を見るのははじめてであった。

ほんらいであれば、留守居役もまた暮六ツまでには屋敷にもどらねばならない。だが、寄合を理由に料理茶屋遊びにうつつをぬかしていた。

留守居役の料理茶屋での寄合を自粛するよう幕府はいくたびか達しをだしたが、なにしろ幕府の手伝い普請をさぐり、避けるようはたらきかけるのが留守居役の役目である。

それを理由に留守居役の贅沢《ぜいたく》はやまなかった。それに、寄合をことわったりすると、仲間はずれにされてしまう。

留守居役用の乗物がある。供侍などはつかない。が、武家駕籠といえども狭いことにかわりはない。深川へくる留守居役らは往復とも屋根船をつかった。屋敷がちかい者はさそいあうこともある。駕籠にくらべれば屋根船は値がはる。さらに、酒肴《しゆこう》を用意させ、芸者に送らせることもしばしばであった。

供侍も陸尺も、肌を刺す風のなか、一刻（二時間十分）あまりも堀ばたで待たされ、気の毒であった。が、それが臣下のつとめである。

覚山は、万松亭で小田原提灯をもらって住まいへもどった。

羽織袴をぬいでくつろいでいると、すこしして戸口の格子戸があけられた。

「先生」

覚山は、首をかしげ、戸口へ行った。土間にぶら提灯を手にした青柳亭主の理左衛《りざえ》門《もん》がいた。

覚山は訊いた。

「いかがした」

「先生、こまりはてております」

暮六ツ（五時）からひとりでひと座敷をとった大身旗本が、酩酊《めいてい》し、腰をあげるけはいがないのだという。

芸者もひとりだけで、つぎの座敷がはいっていたが、青柳のほうで詫《わ》びに行かせた。

「はじめての客か」

「いいえ。たまにおひとりで飲みたいからとおいでになられます。ですが、憶えているかぎり、夕七ツ（三時二十分）からのひと座敷にございます。今宵《こよい》のようにお飲みになることはございませんでした」

家臣のなかでも身分のある者が同道していればべつだが、供侍では意見できようはずがない。

覚山は言った。

「したくしてまいる」

理左衛門がしんそこほっとした表情になる。

「ありがとうございます」

覚山は、羽織袴の腰に大小をさしたが、脇差は刃引にした。

理左衛門は表で待っていた。覚山が敷居をまたぐと、格子戸をしめてさきになった。

二度の見まわりで供侍らは総髪を見ている。亭主とやってきた覚山に、やや怪訝《けげん》なおもちであったが堀ばたにひかえたままであった。

覚山は、亭主につづいて土間にはいった。

板間で女将が待っていた。女将も、やはり安堵《あんど》の表情をうかべた。

覚山は、理左衛門に言った。

「案内《あない》してくれぬか」

「こちらにございます」

女将にぶら提灯をわたした理左衛門がさきになる。

階《きざはし》をのぼる。まだ客がいる座敷もあるようであった。

理左衛門が、膝をおり、失礼いたしますと、襖をあけた。

だらしなく胡坐《あぐら》をかいた大身旗本と、食膳をはさんで芸者がいた。顔をむけた芸者もほっとした表情になる。

大身旗本が酔眼をむけた。

「何者だ」

覚山は、座敷にはいり、三歩すすんで膝をおった。斜めうしろに、襖をしめた理左衛門が膝をおる。

あいての身分への礼儀であるから、はずした刀を背へまわしておき、一揖《いちゆう》する。

「九頭竜覚山と申しまする。通りの用心棒をいたしておりまする」

「用心棒ふぜいを呼んだおぼえはない。無礼であろう」

「かなりお酔いになっておられるごようす。そろそろおひきあげになられてはいかがでござりましょうや」

「おのれ、予に意見いたすか」

大身旗本が、腰の脇差に右手をもっていこうとした。

覚山は、さっと腰をあげてまをつめ、大身旗本の右手をおさえて、水月《みぞおち》に当て身をいれた。

力をぬいた。それでも、大身旗本は、白眼をむいて気をうしなった。

覚山は、理左衛門をふり返った。

「手をかしてもらいたい。ふたりで表の乗物までつれてまいる」

芸者に言った。

「そのほうは刀をもってついてまいれ」

「あい」

芸者が手拭《てぬぐい》をだして鞘《さや》を握る。

覚山は、刀を腰にさし、大身旗本の右腕をとって理左衛門をうながした。理左衛門が左腕を肩にまわす。

ふたりで一段ずつ階をおりる。

土間におりて草履《ぞうり》をはく。理左衛門もそうした。大身旗本は足袋のままだ。

ふたりでささえ、土間から表へでた。

驚いた供侍が駆けよってきた。

「殿」

覚山は言った。

「酔いつぶれておられる。そうそうにお屋敷へ連れかえるがよい」

うなずいた供侍らが乗物にのせるのをてつだい、芸者から刀と草履をうけとり、いそぎ足で去っていった。

覚山は、くり返し礼を述べる理左衛門にうなずき、住まいへもどった。

翌七日の夕七ツ（三時二十分）の鐘が鳴りおわってすぐに、理左衛門がおとないをいれた。

迎えにでて客間に招じいれると、下座で膝をおってわきに袱紗《ふくさ》包みをおいた理左衛門が低頭した。

「先生、夕七ツから座敷がふたつはいっており、つゝねはそのしたくをせねばなりません。手前ひとりでおたずねしたをお許しください」

つゝねは青柳の女将である。

低頭した理左衛門が上体をなおした。

「今朝、ご用人さまがおたずねにございました。昨夜《ゆうべ》のことを詫び、くれぐれも内聞にと仰《おお》せにございました。手前が、このようなことははじめてにございます、いったいどうされたのでございましょうとおたずねしますと、しばらくためらったのちにお話しくださいました」

昨日《さくじつ》は下城してくると、ご機嫌がうるわしくなかった。お城でおもしろくないことがあったようだ。

しばらくして、気散じにまいる、門前仲町の青柳へ使いをたてろとの下命があった。むろん、すぐさま若党を走らせた。

というしだいで、お城でなにがあったのかは承知していない。よほど腹にすえかねることがあり、昨夜《さくや》のようなことになったのであろう。

殿はなにも憶えておりませぬ、家名にかかわりますゆえおふくみおき願いますると言って用人は帰った。

「……先生、つまらないものにございますが、菓子をおもちいたしました。今後ともよろしくお願いいたします」

畳に両手をついて低頭した理左衛門が辞去した。

覚山は、袱紗包みを居間のよねにわたし、このところたてつづけだなと言った。

三

翌八日朝、いつもの刻限に庭のくぐり戸があけられた。しかし、先日とおなじくおとなしかった。

「おはようございやす、松吉でやす。おじゃまさせていただきやす」

よねが縁側の障子をあけた。

松吉の表情は、陽が翳《かげ》ったかのようであった。

よねが言った。

「おあがりなさい」

「ありがとうございやす」

足袋の埃をはらった松吉が、濡れ縁からあがってきて、障子をしめ、膝をおった。

覚山は言った。

「元気がないな」

「先生《せんせえ》、荷舟の船頭からまた友助のことを聞きやした」

たきが襖をあけてはいってきた。

松吉の顔色をみて、さっしたようであった。膝をおって、盆から茶托ごと茶碗をとって松吉のまえにおき、一礼して居間をでていった。

茶を喫した松吉が茶碗をおいた。

「先生《せんせえ》、旦那が帰《けえ》った朝、友助は涙を流してることがあるそうで。旦那のこと、想いだしやした。日本橋小網町《こあみちょう》の塩問屋住吉屋。友助のような別嬪《べっぴん》で、やさしいのを泣かすなんて、いってえどういう料簡《りょうけん》でやしょう。ぶん殴ってやりてえ」

「これ、口をとがらして唾《つば》をとばすでない。火が消えてしまうではないか」

松吉があんぐりと口をあけ、すぐに眼をしばたたかせた。

「先生《せんせえ》、いくらなんでもそれはねえ」

「おちつけと申しておる」

「そうおっしゃいやすが、これがおちついていられやすかい。あの友助が、いじめられ、泣いてるんですぜ」

「口をとがらすでない。おまえがここで唾をとばしても、どうにかなるものではあるまい」

右手で口もとを隠したよねが、腰をあげ、居間をでていった。

「先生《せんせえ》は腹がたたねえんでやすかい」

「なあ、松吉。友助は二百両であったかな、大枚で落籍《みうけ》されておる。たとえその二百両をそろえたところで、住吉屋が首をたてにふらねばどうにもなるまい。友助は縁切りされるまでこらえるしかない」

「それはわかっておりやす。わかっておりやすが……」

襖があいた。

よねが盆に菓子皿をのせてきた。

「お菓子でも食べておちつきなさい」

「馳走《ごち》になりやす」

ひと口菓子を食べた松吉が茶で喉をうるおした。

「先生《せんせえ》、どうにもならねえのはわかっておりやす。わかっておりやすが、あっしはくやしくてたまりやせん」

「またなにか耳にしたら教えてくれ」

「へい」

菓子を食べた松吉が、よねに顔をむけた。

「およねさん、馳走《ごち》になりやした。……先生《せんせえ》、失礼《しつれえ》しやす」

松吉が去った。

よねがつぶやいた。

「かわいそうに」

「ああ、そうだな」

住吉屋宗兵衛が捕縛されれば、おそらく友助は縁切りあつかいになる。よねにたしかめると、そうなると思うとこたえた。旦那が死ねば縁切りになる。落籍《みうけ》しているのだからと、倅《せがれ》なり誰かが旦那におさまったというのは聞いたことがない。

朝四ツ（十時二十分）になり、よねは弟子に稽古《けいこ》をつけに客間へ行き、覚山は書見台をだした。

見まわりで、これまでより頻繁にしかけてくるようになった。

根気の勝負である。覚山は、心を鬼にして、額に痛撃をあびせつづけた。

三日後の十一日は曇り空で風もあった。

昼まえに三吉がきた。夕七ツ（三時二十分）すぎに柴田喜平次がたずねたいとのことであった。覚山は、お待ちしておりますと告げ、よねにつたえた。

夕七ツの鐘からすこしして、弥助がおとないをいれた。

覚山は迎えにでた。

柴田喜平次はいつになくきびしい顔であった。

覚山はふたりを客間に招じいれた。

よねとたきが食膳をはこんできた。喜平次は、酌をするよねにちらっと表情をやわらげた。

弥助にも酌をしたよねが、客間をでて襖をしめ、厨へ去った。

喜平次が口をひらいた。

「一昨日《おととい》、海辺新田できちとつなが殺されてるのが見つかった」

覚山は眼をみはった。

「なんと」

「ふたりとも、首の血脈を剃刀《かみそり》で切られてた。剃刀はつなのところにあった。だから、きちを殺し、つなを殺した。ふたりの剃刀はあった。殺《や》った奴があえてのこした。順を追って話そう」

しまと信兵衛の殺しがあってから、三味と踊りを教えているきちと色白で狐眼のつなと旦那もちのはつは仲がよくなった。

気味がわるいのでおのずとあつまるようになったのだった。きちとつなによれば、薄気味わるがって客が減るかと思ったが、むしろおもしろがる客がいるとのことであった。

八日は、きちもつなも客があるとのことであった。

はつの旦那もよい人で、心配して以前よりもきてくれるようになった。

九日の昼まえ、できれば昼をいっしょにと思い、はつはつなに声をかけにいった。つなは厨にいなかった。居間にまわって声をかけたが返事がない。はつは沓脱石《くつぬぎいし》にあがり、障子をあけた。

首のまわりを血だらけにしたつながよこたわっていた。

はつは悲鳴をあげた。

手習所の杉田権三郎《すぎたごんざぶろう》が駆けつけてきた。そして、居間を見るなり、はつに家にもどっているように言った。

あとのことを、はつはよく知らない。お役人がきて、いろいろ訊くので、ありのままを話した。

「……杉田権三郎が自身番屋へ行き、書役が月番の駿介に報せた。で、駿介からおいらに報せがあった。海辺新田はおいらの係だからな。この殺しには、気にいらねえことがいくつもある」

まずは、得物の剃刀だ。しまと信兵衛とに斬り口が似ている。おなじといってもよい。では、なにゆえあえてのこした。まるで、しまと信兵衛もてめえのしわざだといわんばかりではないか。

きちとつなを殺したのは口封じであろう。

まずはきちを殺し、つなのところにうつってつなを殺した。

はつによれば、きちもつなもその夜は客があると話している。つまり、殺ったのは顔見知りだ。

きちとつなに話を訊く気があるならとうにそうしている。そうしなかったのは、きちやつなの口からもれるのをおそれてだ。寝物語のさりげないひと言で、こちらの意図に気づきかねない。

そうなれば、こっちが手をうつまえに行方をくらますであろう。

しかしそれよりも、助造はこっちが身辺をさぐっているのに勘づいていたはずだ。

手先らは、尾《つ》けるのは得手である。

あいてが素人《しろうと》ならば、尾けるのはふたりでじゅうぶんだ。しかし、堅気《かたぎ》でない者を尾けるさいは数人で後ろになり前になりして気づかれないようにする。

定町廻りなりの下知《げち》がなければ、手先は縄をうてない。だが、尾けていれば、助造がきちからつなの住まいにうつったさいにあやしむ。そして、きちの居間をのぞき、死んでいるのを見つける。

喜平次のもとに報せを走らせ、でてきた助造を押さえる。

「……堅気じゃねえ。御番所に眼えつけられたら、やべえふるまいはさけるべきだということきれえわかるはずだ」

「柴田どのがいつまできちやつなから話を聞かずにいるか。それが不安になり、あせったのやもしれませぬ」

「それも考《かんげ》えた。考《かんげ》えたんだが、どうも釈然としねえ。殺してるところを手先に押さえられりゃあ、それで終わりだぜ。それと、いまさらくやんでも遅《おせ》えが、まさかきちとつなが狙われるとは思いもしなかった。たとえありうるかもしれねえって考《かんげ》えても、せいぜい用心するよう言い、手先を見まわらせるだけで、ふたりをかくまうまではできねえ。命を狙われてるんがはっきりしてるんならなんか策《て》をうったかもしれねえがな」

喜平次が、諸白を注いであおった。

「しまに信兵衛。安次。きちとつな。これで五人だ。助造と住吉屋とのつながりさえつかめれば、すぐにお縄にするんだが」

それからほどなく、料理を食べた喜平次と弥助が辞去した。

五日後の十六日。昼まえに三吉がきて、夕七ツ（三時二十分）すぎじぶんに笹竹へおいで願いたいと言った。覚山はまいりますとこたえ、よねに告げた。

夕七ツの鐘を聞きおえた覚山は、きがえ、腰には大小と八角棒、懐に小田原提灯をいれて住まいをでた。

笹竹の暖簾をわけて腰高障子をあけると、小上がりに腰かけていた女将のきよがたちあがり、笑みをうかべた。

奥の六畳間には柴田喜平次と弥助がいて、まえには食膳があった。

覚山は、刀と八角棒を腰からはずして六畳間にあがり、壁を背にして膝をおった。

きよが食膳をはこんできて、酌をして土間へおり、障子をしめた。

喜平次が言った。

「ふつかめえの明六ツ（七時）すぎ、両替屋の大江屋が八丁堀にたずねてきた。弥助らが迎えにきて、でかけようとしているところだったんで、ちょいとおどろいた」

用向きをたずねると、手習師匠の杉田権三郎が、子らがおびえているのでなんとかならないものだろうかと相談にきたとのことであった。

たしかに海辺新田の件は喜平次の係だが、月番は南御番所である。まずは南御番所へ訴えでるのが筋である。

ではございますが、と大江屋が言った。

――四十九日の法要は柴田さまにたいへんお世話になりました。なにとぞお聞きねがえませんでしょうか。

喜平次も大江屋にたしかめたいことがあった。

弥助を御番所へ走らせて臨時廻りに見まわりをお願いさせ、大江屋をいきつけの居酒屋へつれていった。そして、親爺《おやじ》に茶だけでいいと告げて二階座敷へいった。

――あとでおいらも訊きてえことがあるが、まずはそっちの話からだ。

大江屋が低頭して礼を言い、語った。

信兵衛としまの住まいをずっと閉めきったままにしてあることは気になっていた。

そこへ、きちとつながひと晩に殺められるということがおきてしまった。

手習師匠杉田権三郎の心配はもっともである。住んでいた者がつぎつぎと殺され、子らもさぞかし不安に思っているであろうことも気になっていた。

はつも引っ越した。なんでも、とりあえずは向島《むこうじま》にある旦那の知己《ちき》の寮にうつり、あらたな住まいをさがすとのことであった。

信兵衛の住まいをふくむ五軒は、畳替えなどをしてお祓《はら》いをしても、借り手があるとは思えない。ですから、五軒を壊して更地にしようかと考えております。

——お力ぞえ願えませんでしょうか。

——そのめえに教えてくんな。あそこの地所は誰のもんでえ。

——ごぞんじのこともあるかもしれませんが、はじめからお話ししたくぞんじます。よろしいでしょうか。

——かまわねえ。

祖父の富左衛門《とみざえもん》は次男である。法要の許しを報せにきてくださったおりにはくわしく申しあげなかったが、いろいろいきさつがあり、大江屋から北新堀町《きたしんぼりちょう》の船問屋恵比寿屋《えびすや》へ婿《むこ》にいったのが長男の信右衛門《しんえもん》である。

信右衛門は幼いころから病がちであった。それで、みずから言いだし、次男の富左衛門に暖簾をゆずったのだった。

そのおり、両国橋東広小路《りょうごくひがしひろこうじ》の南本所元町《みなみほんじょもとまち》にある両替屋石倉屋《いしくらや》に二千両をあずけた。

喜平次は訊いた。

――その証文はどうなっている。

――信右衛門宛の証文でしたらございません。曾祖父は信右衛門がだまされるのをあやぶんだのだと思います。

――つまり、石倉屋の二千両余は大江屋のものということだな。

――たてまえとしてはさようにございます。法要のことでおこしいただいたおりも申しあげましたが、信兵衛どのには信右衛門がたいへん世話になっております。手前どもといたしましては、いずれ、信兵衛どののお考えを聞いて、あの地所と石倉屋の二千両余をどうするかきめるつもりでおりました。

――二千両についてはわかった。地所はどうだ。

大江屋がややためらった。

喜平次は黙っていた。

大江屋が口をひらいた。

――じつは、あそこへ住まいを建てたのは祖父の富左衛門にございます。手前も父から聞いたにすぎませんが、祖父は暖簾をゆずってくれた信右衛門にたいへん感謝していたそうにございます。

富左衛門は、柳橋芸者を落籍《みうけ》して囲うことにした。そのために建てたのが、海辺新田の信兵衛の住まいだった。

そのさい、祖父はとなりに信右衛門のためにややおおきめの家を建てた。それが、いまは手習所になっている。

祖父は妾にぞっこんであったようだ。それでしばしば海辺新田にかよった。そのおり、一献かたむけようと信右衛門に使いをやった。人のよい信右衛門はことわることがなかった。泊まりがけでやってきては富左衛門のあいてをした。

うらの四軒は、妾が富左衛門に、旦那さまがいない日はひとりでさびしいからとねだって建てさせた。富左衛門は、妾に言われるままに、安く貸した。

畑も貸すようになったのは、信右衛門のめんどうをみるために、隠居した信兵衛がいまの手習所に住むようになってからだと聞いている。町家の者にいろいろてつだってもらっているうちに、畑を貸してくれないかということになり、これも相場より五割ほど安くして貸したようだ。

――つまり、地所も二千両も大江屋のものだということだな。

――さようにございますが、ながいこと信兵衛どのが畑代や店賃をあずかっておりました。柴田さま、信兵衛どのが隠居したいきさつにつきましてはごぞんじでございましょうか。

喜平次はうなずいた。

――信兵衛を婿にむかえたが内儀が亡くなった。信右衛門としては信兵衛に後添えを考えた。が、塩問屋の住吉屋などの親戚が恵比寿屋の血が絶えると反対《はんてえ》した。それに信兵衛に暖簾をゆずった信右衛門はすでに海辺新田で隠居の身だった。親戚どうしの夫婦《めおと》ができ、暖簾をゆずった信兵衛は海辺新田にひっこして信右衛門のめんどうをみることにした。

――おおよそおおせのとおりにございます。ですが、公事《くじ》（裁判）になりますとどうでしょうか。隠居し、疎遠になっているとは申せ、信兵衛どのは恵比寿屋の先代にございます。しかも、いまも申しあげましたように、信兵衛どのが店《たな》も畑も石倉星の金子《きんす》もあずかっておりました。二千両余と申しましたは、元金の利息と、信右衛門と信兵衛どのがぜいたくをせずにふやしたからにございます。

――正直にこてえてくんな。大江屋としてはどうしてえ。

――地所につきましては、借り手や買い手はつかぬと思いますゆえ、更地のまま大江屋でみるしかあるまいとぞんじます。石倉屋の金子につきましては、手前どもといたしましては、信兵衛どのへの恩返しもございますので、できますれば下大島町《しもおおしまちょう》の須《す》賀《が》屋さんにおゆずりしたくぞんじます。

——わかった。お奉行にお話ししてみる。

——ありがとうございます。

大江屋が、畳に両手をつきふかぶかと低頭した。

一階におりると、使いにやった弥助ももどってきていた。

大江屋を帰した喜平次は、北御番所へむかった。

年番方に理由《わけ》を説明した喜平次は、昼の見まわりも臨時廻りにお願いして奉行の下城を待った。

面談を願うとすぐにとおされた。

喜平次は大江屋の願いを語った。

眉《まゆ》をよせて聞いていた土佐守が即断した。

——人が四名も殺されたすぐよこに手習所とは容易ならぬ事態だ。よかろう、大江屋にはただちに五軒を壊して更地にするよう申せ。厄払いも忘れぬようにな。南の肥《ひ》後守《ごのかみ》にはそのように申しつたえておく。

南町奉行は村上《むらかみ》肥後守義礼《よしあや》、五十一歳。昨年の晩秋九月、目付より転任した。北町奉行の小田切《おだぎり》土佐守は五十五歳で、寛政《かんせい》四年（一七九二）より職にある。

喜平次は、辞去し、大江屋へむかった。

壊すといっても文字どおり壊すわけではない。瓦から壁板、柱、床板まで釘を抜いてばらしていく。そうやって使えるものは再利用する。

ゴミまで拾って再利用するのが江戸の暮らしかたであった。

四

海辺新田を更地にするについて、喜平次によれば住吉屋は口出しをひかえているとのことであった。

しばらくは使いみちがないのを承知しているからであろうし、大江屋にたてつくことの損得勘定もあろう。

夕七ツ（三時二十分）すぎによった柴田喜平次が、あがらずにそのようなことを語った。

覚山は、あいかわらず地廻りの額に瘤をつくっていた。痣や瘤のない者より、ある者のほうがふえてきた。

十九日、昼まえに三吉がきた。柴田喜平次が夕七ツ（三時二十分）すぎにたずねたいとのことであった。昨日たちょったばかりであった。

それでも、覚山は笑顔でお待ちしておりますとこたえ、よねに話した。

夕七ツの鐘からほどなく、戸口の格子戸があけられて弥助がおとないをいれた。

覚山は、迎えにでてふたりを客間に招じいれた。

よねとたきが食膳をはこんできた。皿に鯛《たい》の切り身の塩焼きと、小鉢に冬菜《ふゆな》（小松菜）と油揚げの煮物があった。

弥助にも酌をしたよねが襖をしめてさった。

喜平次が言った。

「愚痴を聞いてくんな。まずは助造についてわかったことを話しておこう」

人別帳《にんべつ》によれば、年齢《とし》は五十。女ではないからこれはたしかであろう。生国は御当地となっている。どこまでが江戸なのかはっきりしないが、板橋宿《いたばしじゅく》の出であった。これさえ、手先がたんねんに調べてつかんだのだった。

なお、江戸の範囲が明確になるのは、文政《ぶんせい》元年（一八一八）に評定所《ひょうじょうしょ》が「御府内」の裁定をくだしてからであった。

弥助は喜平次から手札《てふだ》をもらっている。したがって、喜平次の御用聞きなのである。

手札はないが、臨時廻りや定町廻りでそのつどにつかう年季のはいった十手持ちがいる。

喜平次は、そのひとりを板橋宿へやった。

助造の家は、両親《ふたおや》で草鞋など旅にいるこまごまとした品を売るちいさな店《たな》をいとなんでいた。

子は助造ひとりだ。手習所へもちゃんとかよい、親の言うことをきき、てつだいもする。そんなふうであったのが、十四、五あたりから悪い遊び仲間がふえ、店のてつだいもしなくなった。

板橋宿にも飯盛女がいる。いつのころからか、助造は、遊びにくる客に女たちのことを教えて小遣をかせぐようになった。

銭を稼ぐと賭場へ出入りしていたようだが、地廻りの子分になることはなかった。

二十二か三のころ、助造は宿場から姿を消した。

しばらくして、江戸の馬喰町《ばくろちょう》で江戸見物にきた客をあいてに案内人を生業にしているとの噂がつたわった。

助造が板橋宿へもどったのは、両親《ふたおや》の葬儀のおりだけだ。

親戚がちかくで百姓をしているが、助造の名をもちだすといやな顔になった。親の死を報せると、葬儀に顔をだしただけで礼のひとつも口にしなかった。あんな奴は知らんと親が怒っていたと、助造にとっては甥にあたる当代が話していた。

ちなみに、と十手持ちが、日本橋の塩問屋に知り人なり、遠縁の者なりがいないか訊くと、百姓は首をふった。

「……というしでえなんだ。住吉屋のほうはくり返しあたらせてる。だが、どうしてもつながりがみえねえ。なんかからくりがある。そうとしか思えねえ」

「そこまでお調べになられてわからぬとなると、住吉屋宗兵衛と助造とは恩や義理ではなく損得のように思えまする」

「ああ。十両盗めば首がとぶ。助造も齢《よわい》五十で、裏店に独り住まいだ。あと十年も案内人《ねえにん》ができるかどうか。そこに、住吉屋宗兵衛から話がもちかけられた。きちと宗兵衛がつかってた出合茶屋もわかった。あとで話す。おいら、こう考えてる《かんげ》」

助造は、きち、つな、しまの三人におのれの客もとるようもちかけた。むろん、安次には内緒でだ。稼ぎが増えるのは三人にとってもわるいことではない。おそらくはいちどかにどで、しまがいささか頭がよわいことに気づいた。

で、信兵衛がくる日を聞きだした。そして、信用させ、あの夜、しまの剃刀を手に寝所に隠れていた。

助造としては、うまく相対死にみせかけたはずであった。

「……ところが、通夜や葬儀さえできず、御番所あずかりになってしまった。住吉屋はむろんのこと、助造としてもおおいに思惑がはずれた。そのうち、安次がなにか勘づいたらしいので始末し、こっちの手の者《もん》が周辺をさぐりだしたんで先手をうってきちとつなも殺った。しまと信兵衛殺しをいくらでひきうけ、すでにもらっていたとしても、いまは、これからも、この一件にかたがつくまで、こっちの眼がひかってるからそうはいかねえ」

喜平次が、鯛の切り身を食べ、諸白で喉をうるおした。

「奴としては、ほとぼりが冷めるまで金子どころじゃあねえだろうよ。なにしろ、首がかかってるからな。とんでもねえのにかかわっちまったってぼやいてるんじゃねえのか。さて、出合茶屋のことだな」

出合茶屋がおおくあるのは、上野《うえの》山下《やました》の不忍池《しのばずのいけ》周辺か、亀戸天神《かめいどてんじん》周辺である。あと、蕎麦屋の二階とか、ひそかに出合茶屋をいとなんでいるところはそこかしこにある。

花見をしていた向島から亀戸天神までは半里（約二キロメートル）あまりだ。さらに、亀戸天神は待ちあわせにつかえる。駕籠でべつべつに行って、境内《けいだい》で会い、ちかくの出合茶屋へ行く。

喜平次は、おそらくそれだろうと手先を亀戸天神へ行かせた。

どこの出合茶屋も、お客さまのことはいちいち見ておりませんという。ところが、見ないふりをしてしっかりと見ている。休み代をはらわずに逃げる者がいるからだ。

それらしきそぶりの客にはおのずと注意をはらう。

きちと住吉屋宗兵衛の年齢《とし》と背恰好を言っても、さあと首をかしげる。

手先は、いきなり持っていた床几《しょうぎ》を門口のよこにおき、腰かけて懐から十手をだした。

あわてた女将がひっこみ、亭主とでてきた。

うろたえた亭主が低頭した。

――そのようなことをされては商売になりません。お願いにございます。おやめください。

――商売《しょうべえ》になろうがなるめえが知ったこっちゃねえ。こっちはほんとうのことが知りてえだけだ。

亭主が懇願した。

——ほんとうにございます。お話のようなお客はいらしておりません。

——そうかい。おめえひとりですべての客のあいてをしてるわけかい。

——すぐにたしかめてまいります。

すこししてでてきた亭主が、こちらに眼をやりながら避けるようにゆく者の姿になかば泣きそうな顔になった。

——ほんとうにおたずねと思われるお客はいらしておりません。お願いにございます。けっして嘘偽《うそいつわ》りではございません。

——そうかい。わかった。

二軒めでもおなじようなやりとりがあった。三軒めからは床几をおくまでもなかった。

翌日も亀戸天神周辺の出合茶屋をかたっぱしからあたった。

そして見つけた。花見のころから二月たらずで、住吉屋宗兵衛ときちは出合茶屋で五度《ごたび》会っていた。

「……つまり、五月ごろには、住吉屋は信兵衛の財産について知ってたことになる。まわりは助造とのつながりがつかめれば、ふたりをお縄にし、いっきょにおとせた。すこしずつあきらかになりつつある。だが、肝心要《かんじんかなめ》なことがさっぱりなんだ」

喜平次が、諸白を注いであおった。

しまと信兵衛とが殺されてからやがて三ヵ月になる。

覚山は言った。

「お察しいたしまする」

「こんなにいらつく一件は、おいらもはじめてよ」

ほどなくふたりが辞去した。

定町廻りがこれほどさぐってもつかめない。いったいどのようなからくりであろうか。居間にもどった覚山は、よねとたきが夕餉の食膳をはこんでくるまで思案したがさっぱりであった。

陽がしずむと冬が肌を刺す。ことに川風は身を切るがごとく冷たい。

暮六ツ（五時）の見まわりにでると、堀留の両脇と門前山本町の名無し橋わきに地廻りが三名から五名いた。

やってくる覚山よりも、たがいを気にしているふうであった。

夜五ツ（七時二十分）の見まわりにでると、地廻りの姿はなかった。

門前山本町の入堀通りのはずれまで行って猪ノ口橋をわたる。油堀からの夜風が袖をはためかせ、肌を刺した。

いただきからくだりにかかったところで、覚山は眼をほそめた。

右斜めまえの路地にひそむ気配がある。あきらかに待ちうけている。まんなかを歩いていた覚山は、左の欄干へより、羽織の紐《ひも》をほどいた。

羽織をぬいでまるめ、橋のたもとで落とし、路地を睨んだ。

人影がでてきた。三名。腰に大小。袴姿で羽織はない。

敵の技倆《ぎりょう》をみてとる。遣い手はいない。それでも、心の隙は油断に、油断は死につながる。

三名が左手を鯉口《こいぐち》にあてる。

覚山は、二歩すすみ、両足を肩幅の自然体《じねんたい》にひろげた。

座敷のひけどきである。入堀には屋根船、桟橋には客や芸者の姿。入堀通りには駕籠。おなじく見送りの女将や芸者らがいる。猪ノ口橋にちかい者らが気づきはじめた。

三名が抜刀。

覚山は、鯉口を切って刃引脇差を抜き、左手で八角棒を抜いた。

常夜灯にうかんだ三名の顔が怒りにゆがむ。

水形流《すいぎょう》、不動《ふどう》の構え。右手の脇差と左手の八角棒を肩の力をぬいてたらし、微動だにしない。

眼を伏せる。敵を見るのではなく、感取する。

「おのれぇッ」

まんなかが叫び、三名が白刃を上段に撥《は》ねあげながらとびこんできた。

同時であっても遅速がある。左右にくらべてやや体軀《がら》があるぶん、まんなかの振りかぶりが深い。

多数に対するおりは左右のいずれかにかかる。できうれば、左端のほうがよい。敵は構えなおさねばならないからだ。

静から動。

覚山は、左の敵にとびこんだ。まっ向上段からの白刃を脇差で弾き、額に八角棒で痛撃をあびせ、左よこを駆けぬける。

二歩で立ちどまってふり返る。

まんなかの大柄よりも右端のほうがふり向くのがはやい。いまの覚山からは左がわである。

躰を反転させて八相《はっそう》に構えんとしている。

覚山は、おおきく踏みこみ、八角棒で水月に突きをいれた。口をあけた敵が、八相に構えかけた白刃を落とし、両膝をついた。

右から剣風。大柄が薙《な》ぎにきた。

さっと右足をひき、脇差と八角棒で白刃を叩く。脇差はそのまま白刃を抑え、撥ねあげた八角棒で柄《つか》を握る両手首を打つ。さらに撥ねあげ、額に一撃。

三歩さがり、両膝をついている三名を見すえる。

口をすぼめて息をはき、八角棒を腰にもどす。懐紙を一枚だして脇差の刀身をぬぐい、鞘にもどした。

賭場の用心棒を生業としている者らであろう。日々鍛錬していないのはあきらかであった。

しばらくぶりの刺客に、万松亭の長兵衛は驚いたようであった。

どういうことにございましょうと訊くので、覚山は小手試しかもしれぬとこたえ、小田原提灯をもらって住まいにもどった。

翌二十日朝、いつもの刻限に、庭のくぐり戸がけたたましくあけられた。

「おはようございやす。松吉でやす。おじゃまさせていただきやす」

笑顔のよねが縁側の障子をあけた。

松吉の顔があかるい。

「おっ、およねさん、今朝はいちだんと若《わけ》え。二十日《はつか》ですし、二十歳《はたち》ってことでどうでやしょう」

よねがさすがに頬《ほお》を染めた。

「恥ずかしくなるようなことを言うんじゃない」

「そうですかい。なら、おまけして二十五ってことにしやしょう」

「いいから、おあがりなさい」

松吉が、手拭で足袋の埃をはたき、縁側からあがってきた。

障子をしめて、膝をおる。

「先生《せんせえ》、昨夜《ゆうべ》、見てやした」

「ほう。おったのか」

「へい。お客がでてくるのが遅れ、船で待ってるところでやした」

襖があけられた。

「おたぁきちゃぁぁぁん」

はいってきたたきも、なんとなくうれしげであった。膝をおり、盆から茶托ごと茶碗をとり、松吉のまえにおく。

「今朝は、おたきちゃんも若く見える。ひょっとしてまだ十四じゃねえのかい」

よねがあきれ顔で首をふる。

たきが盆をもってでていった。

襖がしめられ、松吉が顔をもどした。

「あっしは、山本町の桟橋におりやした。猪ノ口橋のあたりは暗いし、遠いし、柳もあってはっきりしやせんでしたが、あいては三名。刀が夜空にきらっ、きらっとしたと思ったら、三名ともかたづけちまった。先生《せんせえ》はほんとうにすげえ。ひさしぶりに胸がすぅっとしやした」

「そうか。それはよかった」

松吉の顔がくもる。

「先生《せんせえ》、美人薄情っていうじゃありやせんか」

覚山は首をふった。

「わしは聞いたことがない」

松吉は驚いたようであった。

「先生《せんせえ》でも知らねえことがあるんで」

「知らぬことだらけだ。それゆえ、日々学んでおる」

「別嬪はてえげえ薄情だっていいやすが、そんなことはありやせん。およねさんはやさしいし、あっしが知ってる芸者衆もてえげえはいい心根をしておりやす。それなのに、なんで辛《つれ》えめにあわなきゃあならねえんでやしょうね」

松吉が茶を喫した。

覚山は、話を聞きながら〝美人薄情〟は〝美人薄命〟のことであろうと思った。覚山は書物で言葉を学ぶ。だが、庶民は眼より耳で言葉を憶える。〝薄命〟にはいかにもなじみがない。よい言葉でもない。〝薄情〟ならわかるということであろう。

「あのな、松吉」

「なんでやしょう」

「〝美人薄情〟ではなく、〝美人薄命〟だ」

「なんです、その〝薄命《はくめえ》〟ってのは」

「命が薄いってことゆえ、長生きできぬという意味だ。〝佳人薄命〟ともいう。佳人は美人とおなじ意味だ。唐土《もろこし》の詩……和歌をながくしたものと思えばよい。和歌はぞんじておるか」

「川柳《せんりゅう》や落首《らくしゅ》の親玉でやしょう」

「うむ、まあ、そのようなものだ。その詩に〝古《いにしえ》より佳人薄命多く〟とある。唐土《とうど》ではいまにその名がのこるほどの美人で、あわれな死にかたをした者がおるゆえそのような言葉ができたのであろう」

「へえ、そうなんで」

覚山はうなずいた。

「ああ、唐土の美人のことだ。友助のこと、またなにか耳にしたのか」

「そうなんで。あんなに別嬪で、やさしいのに、なんで辛《つれ》えめにあわなきゃあならねえんだって、居酒屋で友助の話がでると、酒もしめっちまいやす。あんないい女を囲っておいて、なんで辛くあたるんか、あっしにはわかりやせん」

すこしして、礼を述べた松吉が去った。

覚山はよねに訊いた。

「友助のこと、三好《みよし》屋はぞんじておるのであろうか」

よねがうなずく。

「居酒屋で噂になっているくらいですから、耳にしていると思います。けど、こればっかりはどうすることもできません」

覚山も、鼻孔から息をもらした。

弟子がきてよねが朝の稽古をはじめ、覚山は文机《ふづくえ》へむかい、昨夜、浪人三名に猪ノ口橋たもとで襲われたむねを、月番の浅井駿介ばかりでなく、柴田喜平次にもしたため、中食《ちゆうじき》のあとでたきを使いにやった。

二日後の二十二日。

夜五ツ（七時二十分）の見まわりでふたたび待ち伏せされた。

門前山本町の入堀通りへはいり、名無し橋をすぎると、裏通りから浪人が二名でてきた。

やはり羽織なしだ。

ふたりが幅四間（約七・二メートル）の入堀通りであいだをあけて並び立った。

剣呑《けんのん》なようすに、座敷びけのはなやかさとにぎやかさが消え、ちかくにいた者らがあわてて難をのがれる。

覚山は、羽織の紐をほどいてぬぎ、川ばたにいる駕籠舁《かごかき》にあずけた。

右の中肉中背はそれほどでもないが、左の痩身《そうしん》が遣《つか》える。

覚山は、ゆっくりと歩をすすめ、四間のところで立ちどまった。

痩身が抜刀。

中肉中背が左手で腰の大小をおさえ、軒したへまわる。背後をとられんとすれば、痩身に襲われる。

この夜は刀身が二尺二寸（約六六センチメートル）の摂津《せつつ》を腰にしてきた。

背後で中肉中背が抜刀した。

気配に気を奪われてはならぬ。

覚山はおのれをいましめた。

痩身がつめてくる。背後の中肉中背は殺気をはなっているが、痩身は無風だ。

覚山は、摂津の鯉口を握り、やや腰をおとした。

おのれは待てるが、敵は待てない。自身番屋や報せが走っているかもしれない。

三間（約五・四メートル）。

覚山は、摂津を抜き、青眼にとった。

二間（約三・六メートル）。

たがいに踏みこめば切っ先がとどく。

痩身が突っこんできた。

切っ先をぴくりと撥ねあげ、滝落とし、右下段で燕返《つばめがえ》し。下方からの逆袈裟懸《けさが》けにきた。背後からは中肉中背が上段からの薪割《まきわ》りにきている。

覚山は、両腕をひらき、右斜め後方へ上体をそらしながら跳ぶことで逆袈裟の一撃をのがれた。

痩身が詰めてくる。

覚山は右へまわった。

瘦身と中肉中背がかさなった。

能面であった瘦身が口もとを歪《ゆが》めている。得意技をかわされたようだ。

瘦身がとびこんできた。表情に怒りがある。

おなじ策《て》できた。白刃の切っ先がぴくりとあがる。

覚山は小手を狙った。瘦身が、摂津を弾かんとする。からめて捲《ま》きあげる。夜空から疾風《しっぷう》と化した摂津が弧を描き、胴を一文字に薙《な》ぐ。

瘦身の手から白刃が落ち、突っ伏した。

中肉中背が、白刃をさげたまま身をひるがえし、大通りのほうへ逃げだした。

残心の構えをといた覚山は、懐紙《かいし》で摂津の刀身をていねいにぬぐって鞘にもどし、名無し橋をわたって万松亭へいそいだ。

長兵衛になにがあったかを手短に語り、よねに報せるようたのんで自身番屋へむかった。

町役人に門前山本町の入堀通りで刺客二名に襲われ、ひとりは斬ったがひとりは逃げたむねを告げ、月番の浅井駿介どのに報せていただきたいと言った。

町役人に命じられた書役が、ぶら提灯をさげて駆けていった。

覚山は濡れ縁に腰かけて待った。

やがて、書役がもどり、ほどなくして浅井駿介と仙次《せんじ》と手先らが駆けつけてきた。

覚山は腰をあげて迎え、なにがあったかをくわしく語った。

駿介が言った。

「おめえさんがめったなことじゃあ刀を抜かねえのはお奉行もご承知なさっておられる。帰《けえ》っていいぜ。あとのしまつはこっちでやる」

「ご雑作《ぞうさ》をおかけいたしまする」

覚山は、低頭し、自身番屋の砂利囲いをでて住まいへもどった。

よねが戸口に小走りでやってきて、安堵の表情をうかべた。

第五章　義理立て

一

　翌二十三日。

　夕七ツ（三時二十分）の鐘からすこしして、戸口の格子戸があけられ、弥助がおとないをいれた。

　覚山は戸口へ行った。

　土間に、柴田喜平次と弥助がいた。

　喜平次がほほえんだ。

「明日《あす》の朝、空もようしでえだが、晴れてたらつきあってもらいてえんだ。つごうはどうだい」

「朝五ツ（八時四十分）まえでしたら湯屋《ゆうや》からもどっておりまする」

「わかった。迎えをよこす。昨夜《ゆうべ》、ひとり斬ったらしいな。駿介はなにか言ってきたかい」

覚山は首をふった。

「いいえ」

「なら、お咎《とが》めなしってことだ。四日めえにも三名に襲われたそうだな。奴らにとっちゃあ入堀通りは喉《のど》から手がでるほどほしい縄張だ。ところが、おめえさんが眼のうえのたんこぶになってる。で、子分に襲わせちゃあ、額にたんこぶをもらってる。そろそろ痺《しび》れをきらすころだと思ってたよ。多数での喧嘩《けんか》出入りなら御番所としても黙ってるわけにはいかねえが、いまんとこは縄張をめぐる揉《も》め事にとどまってる」

「たしかに十九日に猪ノ口《い》《くち》橋のたもとで襲われました。もともと縄張にしていた門前《もんぜん》町《ちょう》の為助《ためすけ》一家がしばらくおとなしくしているあいだに、入船町《いりふねちょう》の権造《ごんぞう》一家と蛤町《はまぐりちょう》の三五郎《さんごろう》一家がちょっかいをだしはじめ、そのことで為助一家があせり、たがいに競いあってるように思えまする」

「そうかもしれねえ。用心してくんな。じゃあ、明日《あす》の朝」

喜平次がふり返って敷居をまたぎ、つづいた弥助が格子戸をしめた。

翌二十四日は雲ひとつない青空がひろがった。

朝五ツの三度の捨て鐘が鳴りおわるまえに戸口の格子戸があき、弥助の声がした。表で待っていたのであろう。

覚山もきがえていた。刀掛けから脇差をとって腰にさし、刀を手にした。よねが見送りについてくる。

土間にはいらずに表にいた弥助が、辞儀をした。

「先生《せんせえ》、柴田の旦那が屋根船で待っておりやす。船頭は松吉でやす」

覚山は、ほほえみ、沓脱石《くつぬぎいし》の草履《ぞうり》をはいて土間へおり、首をめぐらしてよねにうなずいた。

表にでると、弥助が格子戸をしめた。

路地を北へ行き、万松亭となりの料理茶屋菊川《きくかわ》わきから入堀通りへでた。まえにでた弥助が通りをよこぎる。

桟橋につけられた屋根船で棹《さお》を手にしている松吉が満面の笑みをうかべた。石段をおりた弥助が舳《みよし》からあがり、片膝《かたひざ》をついて障子をあけた。

喜平次の雪駄《せった》がそろえてあった。覚山は、そのよこに草履をぬぎ、弥助にかるく顎《あご》をひいて座敷にはいった。

上座ちかくの船縁《ふなべり》を背にして喜平次がいた。

覚山は対座した。

障子をしめた弥助が艫《とも》にまわり、座敷の下座すみに膝をおった。

松吉が棹をつかい、屋根船が桟橋をはなれた。入堀から油《あぶら》堀へでて、松吉が棹から艪《ろ》にかえた。

喜平次が口をひらいた。

「山谷《さんや》まで行く。理由《わけ》はあとで話す。昨夜《ゆうべ》、駿介と八丁堀の居酒屋で一杯《いっぺえ》やった。おめえさんが斬った奴は、身もとをあかすものはなにもなかったそうだ。おめえさんが入堀通りをおさえてくれてるおかげで、おいらたちは助かってる。料理茶屋があつまってるんは、入堀通りと蓬莱《ほうらい》橋周辺。ほかはちらほらだ。あと、深川は岡場所もおおい。つまんねえいざこざは縄張にしてる地廻りがかたづける。それでも、おめえさんも知ってるように殺しやなんかはある」

ややまがあった。

喜平次がつづけた。

「そういやあ、川並《かわなみ》の奴らも入堀通りまででばるようになってるそうじゃねえか」

「松吉がそのように申しておりました」

屋根船が、油堀から大川にでたところで、喜平次が腕組みをして眼をとじた。

覚山もそうした。

両舷の障子が翳《かげ》ることで、新大橋、両国橋《りょうごく》とすぎていくのがわかった。

やがて、吾妻橋《あずま》もすぎた。

喜平次がかすかに身じろぎした。

覚山は眼をあけた。

喜平次がほほえんだ。

しばらくして、舳が左へむけられた。

橋のしたをとおり、屋根船が桟橋についた。弥助が、艫の障子をあけて舳へまわり、障子をあけて雪駄と草履をならべた。

喜平次が舳へでて、一歩よこによった。

覚山は草履をはいた。

喜平次が言った。

「山谷堀だ。うしろが今戸橋《いまど》。めえの新鳥越橋《しんとりこえ》から土手八丁を行けば吉原《よしわら》よ。土手八丁もじっさいは七町（約七六三メートル）ちょいしかねえがな。行こうか」

桟橋から通りにあがった喜平次が、眼のまえの小高い社《やしろ》をしめした。

「待乳山聖天宮《まっちやましょうてんぐう》っていう。こっちが表門だ」

左に山門と、町家をはさんだ右に参道があった。

待乳山は杜《もり》がゆたかであった。おもに松だが、ほかに楓《かえで》、桜や梅なども散見された。

喜平次が、表門へむかう。覚山は一歩斜めうしろに、さらにうしろを弥助がついてくる。

表門のむこうに石段があって鳥居、さらに石段があった。

石段をあがると、ひろい境内《けいだい》だった。

喜平次が正面に顎をしゃくった。

「あっちが裏門だ。こっちだ」

右のさきにながい石段があり、そのうえに本社《ほんやしろ》の甍《いらか》が見えた。

石段をのぼり、本社をひとまわりする。

まさに景勝の地であった。

山谷堀、隅田川《すみだ》。対岸の墨堤《ぼくてい》（隅田堤）にならぶ桜並木。吾妻橋から大川。ちかくには浅草寺《せんそうじ》の甍と杜。千代田《ちよだ》のお城。さらには、はるかかなたには霊峰富士。

それらが、木々のあいまに望めた。

本社から石段をおりた喜平次が、裏門から参道をとおり、おおきな通りを右へおれた。

二町（約二一八メートル）ほどで、斜め左右の追分《おいわけ》（わかれ道）であった。

首をめぐらした喜平次が言った。

「左が吉原への土手八丁、右が新鳥越橋だ」

喜平次が右へ行く。

新鳥越橋たもとの桟橋に、松吉の屋根船が待っていた。

覚山は喜平次と上座で対し、弥助が下座隅に膝をおった。松吉が棹をつかい、屋根船が桟橋を離れた。

山谷堀から隅田川にでたところで、喜平次が口をひらいた。

「見てもらったほうがはええって思った。十八日の夕刻から夜にかけて、本社のうらで殺しがあった」

覚山は眼をみはった。

「あのようなところで」

喜平次がうなずく。

「そうなんだ。ふつうは、みさかいをなくしてでねえかぎり、殺しは眼につきにくいところをえらぶ。それが、わざわざ聖天宮のうらをえらんでる。出刃庖丁で水月《みぞおち》を一突き。刃は上向き。争ったようすはなかったそうだ。つまり、油断させ、ふいをついた。月番は南だ。へえって思ったんだが、殺された奴の名を聞いて、ちょいと気になった」

名は吉次郎《きちじろう》。世間では蝮《まむし》の吉《きち》と呼ばれている。喜平次も、噂《うわさ》を耳にしているだけで当人に会ったことはない。

昔、北御番所の定町廻りが御用聞きとしてつかっていた。腕利きだったが、やりかたが乱暴でしばしばあくどいまねもする。注意すると、しばらくはあらためるがつづかない。それのくり返しだった。

定町廻りがあきらめ、腕を惜しんだ臨時廻りがつかっていたが、やはり御番所の評判にかかわるからと手札をとりあげた。

吉次郎は、南御番所の定町廻りにすりより、しばらくはおとなしくしていたが、やがて馬脚をあらわした。

南でも、臨時廻りがなんとかしようとしたがむだであった。

「……つまり、北でも南でも惜しまれるほどの腕利きだったってことよ。それから、しばらくめえまでは火盗 改《かとうあらため》に出入りしていたようだがいまは噂を聞かねえ」

捕物は歳とともにきつくなる。心得はあっても、力やすばしっこさで若いのにまける。ことに、逃げられたら追いかけることができない。

「……おいらがひっかかったんは、吉次郎が御番所のやりようを知りつくしてるってことよ。で、お奉行にお願《ねげ》えして南へ話をとおしてもらい、さぐってみることにした」

吉次郎は年齢《とし》が五十四。筋違橋《すじかい》にほどちかい内神田《うちかんだ》の平永町《ひらながちょう》に住んでいる。といっても、吉次郎の住まいではない。裏通りで女がやっている居酒屋にころがりこんでいる。

女の名はすが、三十六歳。吉次郎とは十年ちかい仲のようだ。

居酒屋の名は〝つる〟。すがは、みずからは酒肴《しゅこう》の用意をもっぱらにし、つねに年ごろの娘をやとって客のあいてをさせている。いまは裏店に住む娘ふたりがかよっている。したがって、むろんのこと、見世《みせ》は繁盛している。

江戸は女日照りである。愛敬のある娘がいれば、男どもがあつまってくる。三十路《みそじ》のすがにひものごとき情夫《おとこ》がいても、客のめあては娘らであるから気にしない。

「……おめえさん、住吉屋宗兵衛を鴨《かも》にした舞袖《まいそで》を憶《おぼ》えてるかい」

覚山はうなずいた。

「憶えておりまする」

「ふいにいなくなったんをいぶかしんだ宗兵衛は、鳶《とび》の頭《かしら》に相談し、頭はあたってみやしょうとひきうけてる。言いわけじゃねえが、鳶は喧嘩沙汰《ざた》がたえねえ。だから、頭はてえげえ御番所につながりがある者《もん》を知ってる。むろん、手札のある御用聞きじゃねえ。昔そうだった者《もん》、かってに名のってる者《もん》、あるいは火盗改の手先になってる者《もん》などだ。おいらもうかつだったが、ひょっとしたら、鳶の頭がたのんだんは吉次郎かもしれねえってことに思いいたった。で、待乳山を見にいくことにして、おめえさんも誘ったってわけよ」

「宗兵衛が吉次郎を殺した、と」

「ああ」

「ですが、宗兵衛は商人《あきんど》にござりまする」

「調べるのはこれからだが、おいらはこう考《かんげ》えてる」

案内人の助造は老い先を考え、まとまった金子《きんす》がほしくて殺しをひきうけた。そうではあるまいかと思っていた。

吉次郎も五十四歳である。探索ならまだできるが、捕物ではつかえない。吉次郎もそれは承知している。腕利きだっただけに、なおさらおのれが老いてしまったことを身にしみて感じているであろう。

居酒屋のつるをやってるすがは、吉次郎にたよらなくとも暮らしていける。まだ三十六で女盛りであり、年老いた吉次郎をうっとうしく思っているかもしれない。

吉次郎は、そんなすがに気づいているが、気づかぬふりをしている。

「……昔のように脅しもきかず、稼ぎもすくねえ。そこへ頭から舞袖の件がもちこまれた。吉次郎にとってはどうってことのねえ調べだった。で、頭をとおして住吉屋からいくばくかの礼《れえ》をもらった。それが、今年の二月のことだ。さて、住吉屋が海辺新田の財産について知ったんは、たまたま花見で会ったきちを出合茶屋へ誘ってからだ。いいかい、たしかめておこう」

海辺新田の地所に家を建てたんは両替屋の大江屋だ。

当代の祖父にあたる富左衛門《とみざえもん》が妾《めかけ》を住まわせるために一軒たてた。富左衛門は次男で、躰《からだ》の弱い長男に暖簾《のれん》をゆずってもらったことに感謝していた。それもあって、また、おのれが妾のところにかよいやすくするために、北新堀町《きたしんぼりちょう》の船問屋恵比寿《えびす》屋へ婿にいった兄の信右衛門《しんえもん》のためにとなりに一軒たてた。そして、妾にねだられて奥に四軒。

「……いくら疎遠でも、それくれえのことは、住吉屋も恵比寿屋も知ってる。だから、大江屋の地所だと思っていた。ところが、きちから話を聞いた宗兵衛は、躰が弱い長男を婿《むこ》にだすにあたって海辺新田の地所と両替屋に大枚をあずけたのではあるまいかということに思いいたった」

そして、地所と両替屋の大枚は信右衛門から婿の信兵衛にゆずられたのではあるまいか、と。

信兵衛は隠居しただけであって、恵比寿屋と縁切りしたわけではない。すると、信兵衛亡きあとは、その財産は恵比寿屋のものとなる。

「……ここからがまだわからねえ。どっちから声をかけたか知らねえが、宗兵衛と吉次郎とにつながりができた。殺しをどっちがもちかけたか、おいらはどっちもありうると考《かんげ》えてる」

宗兵衛は落籍《みうけ》で金子《かね》が要る。吉次郎も、さらに年老いてからのことを思えばまとまったものがほしい。

御番所のやりかたなら、吉次郎はおのがたなごころを見るかのごとくわかっている。だから、相対死か、信兵衛がしまを殺して自害したかのごとくみせかけんとした。

「……憶えてるだろうが、じっせえに迷った」

ここで、宗兵衛の思惑《おもわく》に狂いがしょうじた。死の報せをうけた弟の恵比寿屋信左衛《しんざえ》門《もん》が、迷惑げに小名木川《おなきがわ》ぞいにある下大島町《しもおおしまちょう》の鍋釜《なべかま》問屋須賀《すが》屋が生家なので、須賀屋に報せてほしいと言ってしまった。

「……弟から報せをうけた宗兵衛はあせった。須賀屋に通夜や葬儀をやらせては、財産も須賀屋のものになってしまう。あとはおめえさんも知ってのとおりよ」

恵比寿屋のものとなるはずであった財産が、通夜や葬儀が御番所あずかりとなってしまったために一件が落着するまではどうすることもできなくなった。

覚山は、思わず知らずつぶやいていた。

「なるほど」

喜平次が眉根《まゆね》をよせた。

覚山は低頭した。

「ご無礼つかまつりました。おそらく、弟の恵比寿屋信左衛門はなにごとにつけ兄の住吉屋宗兵衛に相談していたのではありますまいか。宗兵衛は、信兵衛の死の報せにも弟はすぐさま相談におとずれるだろうと思っていた」

「たぶんな。弟は財産のことを知らねえ。うまくいいふくめて山分けにでもするつもりでいたんだろうよ。つづけさせてくんな」

吉次郎は十手をちらつかせてきちにちかづいた。

きちは十手もちゆえおびえていうことをきいたかもしれないし、あるいはいざってときにたよりにするつもりだったたってのもありうる。

とにかく、しまがいささか頭がよわいことを知った吉次郎は、言葉たくみにしまをだまして信兵衛が泊まりにくる日を訊きだした。

そして、狙いどおりにふたりをうまくしまつすることができた。しかし、一件が御番所あずかりになってしまった。

そのうち、安次《やすじ》がなにかに気づいた。

「……吉次郎は十手もちだ。呼びだされれば、安次はでむかざるをえない。そこで、吉次郎はおなし案内人《あんねえにん》のしわざにみせかけるために五寸釘《ごすんくぎ》をつかった。まったく、知恵のまわる奴だぜ。おかげで、こっちはずいぶんとむだをさせられた」

屋根船が舳をめぐらして大川から油堀にはいった。

喜平次がつづけた。

「財産は一文も手にはいってねえのに、住吉屋宗兵衛は、吉次郎に信兵衛殺しの金子《かね》を払うか、おどしとられた。友助《ともすけ》の落籍《みうけ》もある。安次ときちとつなとは、吉次郎がおのが身をまもるために殺《や》ったにしろ、おいら、すくなくともいちどは金子をわたしたとにらんでる」

もっぱら助造の見張りに手先をさき、住吉屋の見張りをおろそかにしたのは手抜かりである。しかし、助造を見張っておればかならずや住吉屋宗兵衛にたどりつくと思いこんでいた。

これも腕利き吉次郎の策にはまってしまったことになる。

「……くやしいが認めるよ。おのが身もあぶねえかもしれねえ。ひょっとして江戸をずらかるさんだんをしていたのかもしれねえ。とにかく、二度めか三度めの金子《かね》をよこせと宗兵衛をおどした」

住吉屋宗兵衛は、このままでは生涯たかられると思った。

で、一計を案じた。それが待乳山聖天宮の本社《ほんやしろ》うらである。吉次郎は、まさか商人の宗兵衛に襲われることはあるまいと油断しきっている。

宗兵衛は、懐からまとまった小判をだすふりをしてちかよってきた吉次郎を出刃庖丁で刺した。

「……たぶん、そうだったろうと思う。だが、なにひとつ証《あかし》がねえ。おいらがそう考《かんげ》えているだけだ。とにかく、なんとしても目処《めど》をつける。住吉屋宗兵衛、逃がしはしねえ。ということなんだ。なんか思いついたら教えてくんな」

「かしこまりました」

ほどなく、猪ノ口橋のしたをすぎ、桟橋に屋根船がつけられた。

覚山は、喜平次に送ってくれたことの礼を述べ、松吉には笑顔をむけ、桟橋から石段をのぼって住まいにもどった。

二

昼九ツ（正午）の鐘で中食《ちゅうじき》をとる。覚山とよねは居間で、たきは厨《くりや》で。

中食をすませて食膳がかたづけられ、よねとふたりで長火鉢をまえにしていると、庭のくぐり戸がいきおいよくあけられた。

「先生ッ」

女の声だ。

よねが腰をあげ、いそぎ縁側の障子をあけた。

万松亭の女中であった。

「先生、旦那さまがすぐにおいでいただきたいと申しております。表で若旦那さまが地廻りにからまれております」

「あいわかった」

覚山は、刀掛けから刃引の脇差をとって腰にさし、八角棒を手にした。

沓脱石の草履をつっかける。

女中はくぐり戸のよこにいた。

覚山は、くぐり戸をでて、斜めまえにある万松亭のくぐり戸をあけた。庭をつっきり、表の土間に行く。

長兵衛のほかに、板場の者らが数名いた。

覚山は、声をあげようとする長兵衛を手で制した。

表で怒鳴り声がする。

「なんども言わせるんじゃねえ。おめえは、たしかに、おれらを見て笑おうとした。そんで、あわてて眼をそらした。額の痣《あざ》がおかしいかい。誰のせいだと思ってやがる。おめえんとこがやとってるあのいまいましい用心棒のせえじゃねえか」

「それはちがいます。先生には、手前どもだけではなく入堀通りとしてお願いしています」

「うるせえッ。てめえも生意気なんだよ」

地廻りが殴りかかったようであった。長吉が身をかわしたらしく、殴りかかった地廻りが蹈鞴《たたら》を踏む。

板場の者らがとびだそうとするのを、覚山はふたたび手で制した。

長吉が言った。

「おやめください」

「うるせえッ」

こんどはふたりで殴りかかったようだが、またしても長吉はかわした。

覚山は、大股で暖簾をわけた。

地廻りふたりがぎょっとした表情になる。

なるほど、ふたりとも額に痣があった。ひとりはふたつ。もうひとりは消えかけた痣をふくめてみっつもあった。

「やべぇ」

地廻りふたりが身をひるがえした。

長吉は着流しに羽織姿だった。帯の背に八角棒をさしているはずだが、手にしていなかった。

覚山は訊いた。

「なにゆえ八角棒を抜かなんだ」

「むこうが素手でしたので」

「ふむ。よくやった」

覚山は土間にもどった。長吉がついてくる。

長兵衛が安堵《あんど》に肩をおとした。

覚山は言った。

「よくみなに手出しさせなかったな」

「はい。まずは先生にお報せしてからと思いました。むろんのこと、長吉が痛めつけられるようなことがあれば加勢に行かせました」

覚山は、首をめぐらして長吉を見た。

「ところで長吉。笑ったのか」

「笑ってはおりません。ただあやうく笑いかけるところにございました。申しわけございません」

「あの痣のことで、わしは地廻りどもに恨まれておるらしい。できるだけ見ぬようにすることだ」

覚山は顔をもどして板場の者らにむけた。

「みなもな。地廻りどもは、顔を疵物《きずもの》にされ、傷ついておるらしい」

板場の者らが噴きだした。

長兵衛も顔をふせた。

覚山は、誰にともなくうなずき、住まいへもどった。

うかつであったと思う。長吉には小太刀《こだち》を教えている。しかし、組手を失念していた。矢尽き、刀折れれば、あとは素手での勝負である。おさえこみ、小柄《こづか》なりでとどめをさす。

もどった覚山は、濡れ縁に腰かけてよねになにがあったかを語り、長吉に組手を教えねばならぬゆえ箒《ほうき》をだすように言った。

庭には物干しがあるだけだ。

覚山は、すみずみまで箒をかけて小石などをひろった。よねもてつだった。篦《へら》をもってこさせ、埋まっている石も掘りだす。たきも厨からでてきた。

毎日掃《は》けば、窪《くぼ》みが踏みかためられ、たいらになっていく。

翌二十五日。

朝稽古《あさげいこ》にきた長吉に一日おきに組手の修行をすることを告げた。投げることもあるゆえ、稽古着がよごれる。古着で数着用意するように言った。

稽古を終えて朝餉《あさげ》をすませ、湯屋からもどってのんびりしていると、庭のくぐり戸がけたたましくあけられた。

「おはようございやす。松吉でやす。おじゃまさせていただきやす」

よねが縁側の障子をあけた。

松吉が顔をみせた。

「およねさん、よいお天気で。今日は二十五日でやすから、二十五ってことでお願《ねげ》えしやす」

「ありがとね。おあがりなさい」

松吉が、足袋の埃をはらってあがってきて、障子をしめて膝をおった。

「先生《せんせえ》、昨日《きのう》はありがとうございやす」

「礼をいうならわしではなく柴田どのへであろう」

「八丁堀の旦那には、昨日《きのう》申しあげやした。それにしても……おたぁきちゃぁぁぁん」

たきがはいってきて、松吉のまえに茶托《ちゃたく》ごと茶碗をおいた。

「おたきちゃんは十四、しじゅう綺麗《きれえ》だ。松吉、四十まで十四年」

よねが噴きだし、たきは両手で口をおおった。

「松吉、なにが十四年だ、おまえは二十七だろう。若くみせたい年増じゃあるまいし、男のくせに歳をごまかすんじゃない」

「いいじゃねえですか、一歳くれえおまけしてくれたって」

「だめッ」

「おたきちゃん、だめだってよ」

盆に手をやりかけたたきが肩をふるわせる。

「いいかげんにおしッ」

「すいやせん」

たきが、盆を手にして廊下にでて襖《ふすま》をしめた。

でれっとしていた松吉が真顔になる。

「先生《せんせえ》はやっぱりすげえや。八丁堀の旦那が、殺しがあった山谷の聖天宮を見にいくんにわざわざ船を用意して先生《せんせえ》をさそうんだから、あらためて驚きやした」

「聖天宮で殺しがあったのを、みな、ぞんじておるのか」

「それはもう、あんな眺めのいいところでなんでって評判でやす。いっしょに見物にきて、喧嘩にでもなったんでやしょうか。出刃庖丁で腹を一突きだったそうでやすから、きっとやったたんは庖丁人にちげえねえって、みな、噂しておりやす。ですが、本《ほん》所深川《じょ》が持ち場の旦那が、なんで山谷なんぞへ」

「気になることがあるとおっしゃっておられた。松吉、わかっておるな」

「へい。誰にもしゃべったりはしやせん。それよか、先生《せんせえ》、玉次《たまじ》でやす、玉次。先生《せんせえ》からいただいたキンのタマタマさまのおかげで、あっしを見ると、にこにこしてちかよってきて挨拶《あいさつ》してくれやす。昨夜《ゆうべ》もそうでやした」

「玉次はいくつであったかな」

「十八歳でやす。あっしは二十……」

いよねがにらむ。

「わかっておりやす。あっしも男、ごまかしはなし。あっしは二十七、およねさんは二十六」

松吉がよねを見る。よねはすまし顔だ。松吉が頓狂《とんきょう》な声をだした。

「あれっ」

覚山は、咳払いをして、顔をよこにむけた。

松吉が茶を喫して礼を述べ、去った。

翌朝、長吉が木刀と八角棒と箒をもって稽古にきた。覚山は箒を持参したことを褒《ほ》め、ふたりで庭に箒をかけた。

そして組手の稽古をはじめた。

組手からいくつもの柔《やわら》の流派がうまれている。

湯屋からもどると、庭のくぐり戸があけられ、長兵衛がきた。よねが障子をあけ、覚山はあがるよう言った。

礼を述べた長兵衛が、敷居をまたいで膝をおり、障子をしめて膝をめぐらした。

「先生、昨日《さくじつ》はでかけねばならず、お礼にまいるのが遅れてしまい、申しわけございません。暮六ツ（五時）の見まわりを終えられたおりにも申しあげましたが、長吉がほんとうにたくましくなりました。先生のおかげにございます」

長兵衛が、膝に両手をおいて低頭した。

「熱心に修行にとりくんでおるからだ。今朝聞いたのだが、地廻りどものうごきが見えたと申しておった」

長兵衛はうれしげであった。

たきが茶をもってきて、すこしして長兵衛がひきあげた。

冬は雨がすくない。しかも、江戸は筑波颪《つくばおろし》がうなる。そんな日は火事を報せる半鐘が心配であった。

この年は初冬十月から晩冬十二月まで三ヵ月つづいて大の月である。晦日《みそか》の三十日。

昼まえに三吉がきて、柴田の旦那が夕七ツ（三時二十分）すぎに笹竹へおこしいただきたいそうで、と言った。

覚山は承知してよねに告げた。

夕七ツの鐘が鳴りおえ、したくをした覚山は、よねの見送りをうけて住まいをあとにした。

冬の日暮れは風が冷たく、通りをゆきかう者は誰もが肩をすぼめていそぎ足であった。

大通りから正源寺《しょうげんじ》の参道へおれ、笹竹の暖簾をわけて腰高障子をあげた。いつものように女将《おかみ》のきよが笑顔でむかえた。奥の六畳間には、柴田喜平次と弥助の姿があった。

覚山は、かるく会釈をして、草履をぬぎ、六畳間の壁を背にして膝をおり、よこに刀と八角棒をおいた。

食膳をもってきたきよが、酌をして、障子をしめた。

喜平次が言った。

「いくつかわかってきたことがある。鳶の頭だが、じかにあたれば住吉屋宗兵衛につたわりかねねえんで、まわりをさぐらせた。五年ほどめえに、内神田のほうの左官と揉め事があり、そんとき、吉次郎がうまくおさめてくれたそうだ。それから、頭はなんかあれば、吉次郎にたのんでる。だから、まちげえねえと思う」

さらに、豆腐売りを生業《なりわい》にしている手先が、五日まえから安くするからとうまくとりいり、住吉屋に出入りするようになった。

どこの店《たな》も、出入りの担売《かつぎう》りはきまっている。そこへくいこむのはむずかしい。喜平次は、手先を褒めた。

豆腐を安くして言葉たくみに女中を笑わせる。気安くなれば、女中らの口もかるくなる。

待乳山聖天宮で吉次郎が刺し殺されたのが、今月の十八日。その前後、住吉屋宗兵衛はふいにでかけている。

帰りは翌朝であったから小名木川の妾のところへ行ったにちがいない。

それがにじめてではない。昼から夕刻まえに思いついたようにでかけ、翌朝はやく帰ってくる。内儀に遠慮して、行き先は告げない。

しばしばかようくらいだから、よっぽどいい女にちがいないと店の者は噂している。

「……じつは迷ってる。十八日に宗兵衛がきていたか、友助に訊いてみてえんだが、辛《つれ》え思いをしてる。だが、もうすこしはっきりしたら、会いに行かねばならねえ。宗兵衛には気づかれたくねえんでな、つかってる船宿や駕籠《かご》屋にもあたってねえ。けど、吉次郎の女のすがには会った」

亡骸《なきがら》をおしつけられ、葬儀などのものいりでうんざりしているのを隠そうとしなかった。

見世《みせ》をはじめたころに、札付どもがやってきて難儀していた。たまたまいた吉次郎が、十手をみせて札付どもを追いはらった。

それから、ときおり、そしてしばしばくるようになり、なるようになった。

十手持ちがいると、見世でわるさをする者がいなくなったのでありがたかった。やとっている若い女中にちょっかいをだすこともなかった。

だけど、十年ちかくもいっしょに暮らしていて、いちどとして夫婦《めおと》になろうと言ってくれたことがない。

いつのまにか、三十路もなかばをすぎてしまった。見世をはじめたころはこなをかけてくる客もいた。それが、いまではまったくである。

十手持ちだから愛想よくするわけにはいかないのだろうが、あの不機嫌な顔には正直うんざりしていた。二年ほどまえからは、このところ稼ぎがねえんだと銭をせびるようになったからなおさらであった。

小首をかしげたすがが、四月か五月になってからだと思うけど、吉次郎が運がむいてきたかもしれねえって機嫌よさそうな声で言っていた。

たしか、九月になってすこししてからだったように思う。はっきりしないが、まった金子《かね》を手にいれたようであった。

ただ、このごろは、旅にでるかもしれねえってつぶやいていた。

――あたしは、はやくどこへでも行ってもらいたいと思ってたら、亡骸になっちまった。でも、旦那、はっきり言いますが、これで縁がきれたって思ったらせいせいですよ。

「……吉次郎は、住吉屋宗兵衛からまとまった金子《きんす》を手にいれ、雲隠れする気だったにちげえねえ」

覚山は言った。

「ところが、二度めであり、住吉屋宗兵衛は吉次郎が生きてるかぎりたかられると思った」

「ああ。ほとぼりがさめたら、たまに江戸へもどってきて、じっさいにそうするつもりだったんじゃねえのか。十八日の宗兵衛だがな、おいらはこう考《かんげ》えてる」

このままでは吉次郎にいつまでも強請《ゆす》られる。さいわいにも、御番所は吉次郎とのことを知らない。吉次郎も、そんなへまはしねえ、とうそぶいていた。

宗兵衛は、迷い、ためらい、おのれを鼓舞《こぶ》した。吉次郎の影におびえて暮らすか、思いきって禍根《かこん》を断つか。

暖簾のためにも禍《わざわい》はなくさねばならない。

では、どうするか。

あいては十手持ちである。油断させねばならない。それに、おのれが逃げるさんだんもある。

「……そこでえらばれたのが待乳山聖天宮よ。宗兵衛め、商人《あきんど》にしては知恵をしぼってる」

吉次郎を始末せねばと思いはじめたころから、宗兵衛はふいに友助のもとへ行くようになった。店《たな》の者は、主の道楽であり、疑いはしない。

十八日昼、宗兵衛はひとりで店をでた。むかったのは、おそらく永代《えいたい》橋東岸の佐賀《さが》町《ちょう》か、日本橋。

どちらもたやすく辻駕籠をひろうことができる。それまでも、ふいに友助のところをおとなうさいは屋根船をひろっていた。

両国橋西広小路まで行く。ここでも、容易に辻駕籠がひろえる。そこから、浅草寺《せんそうじ》でまたのりかえるか、山谷堀の新鳥越橋まで行く。新鳥越橋たもとで辻駕籠をおりれば、行く先は吉原にきまっている。料理茶屋ならばその門口だが、辻駕籠であることに見栄をはっててまえでおりることもありえなくはない。だが、たいがいは吉原だと思う。

ころあいをみて、宗兵衛は聖天宮へむかう。

「……夕方、聖天宮裏門めえの通りに行けばわかるんだが、仲間と、あるいはひとりで吉原へむかう者《もん》が歩いている。それにまぎれこめば、誰も気にしねえし、憶えてもいねえ。宗兵衛は、翌朝帰《けえ》っている。つまり、吉原に泊まったってことよ。行きとおなじようにして辻駕籠をのりかえて店にもどった。よく考《かんげ》えてある。たぶん、あたらずともとおからずのはずだ。感心するぜ」

「そこまでわかっていながら、お縄にできない」

喜平次がため息をついた。

「どんなちいさなことでもいい。たとえば、十八日に両国橋まで、あるいは新鳥越橋まで宗兵衛をのせた辻駕籠が見つかるとか。宗兵衛らしいじゃだめだ、隠れて顔を見させ、まちがいねえってことにならねえとな。いま、辻駕籠をあたらせてる」

「それで友助を」

喜平次が顎をひく。

「できればそっとしておきてえんだがな。夕刻にきて、朝はやく迎えの船で帰《けえ》るんなら、かよいの女房は見てねえだろうよ。むろん、宗兵衛を小名木川の友助んとこへのつけ、翌朝迎えにいってる船頭もさがしてる。ふいに思いついたんであっても、出入りの船宿をつかえばよさそうなもんだが、一刻もはやく行きてえので佐賀町まで歩いたと言われればそれまでよ。そんなところかな。なんかわかったらまた報せる」

「ご無礼つかまつりまする」

笹竹をでると、冬の夕陽が相模《さがみ》の空に燃えるがごとき錦絵を描いていた。

参道から大通りにでて夕陽を背にし、福島《ふくしま》橋をこえ、八幡《はちまん》橋のいただきにかかったところで、一ノ鳥居のほうから駆けてくる者があった。

長吉であった。

覚山は小走りになった。

立ちどまった長吉が、息をきらしながら言った。

「先生、騒ぎがおきそうにございます」

「案内《あない》いたせ」

うなずいた長吉が踵《きびす》を返す。足早に歩きながら、なにがあったかを語った。

ついいましがた、ほろ酔いかげんの浪人三名が芸者と置屋の若い衆のまえに立ちふさがった。ふたりがひきかえそうとすると、浪人のひとりがまわりこんで、両手をひろげた。

すこし飲みたらぬゆえそこらで酌をいたせ、という。瘦浪人《やせろうにん》がよくつかう策《て》である。無理難題をふっかけ、いくばくかをせしめる。わかっていても、座敷があるので若い衆が巾着《きんちゃく》をだす。

そこへ四名の勤番侍がとおりかかった。

ひとりが言った。

――弱い者いじめはやめたがよかろう。

一瞥《いちべつ》した浪人がこたえた。

――浅葱裏《あさぎうら》か。田舎者はひっこんでろ。

浅葱裏は勤番侍をあざける言葉である。

おだやかにさとしたはずの四名が顔色をかえた。

――その雑言《ぞうごん》、許せぬ。ただちに詫《わ》びればよし。

長兵衛に言われてようすを見ていた長吉は、そこで笹竹へむかったのだった。

門前仲町の入堀通りを野次馬がふさいでいた。堀留には地廻りも三名いた。

長吉が声をかけ、ふり返った者らが道をあけた。

七名が抜刀して睨《にら》みあっていた。だが、七名とも腰がひけている。ことに浪人三名は体軀《たいく》がくずれていた。

覚山は、軒したをすすみ、七名のあいだにでていった。そして、堀留がわにいる勤番侍四名にかるく頭をさげた。

「拙者《せつしや》、九頭竜覚山と申しまする。この入堀通りの用心棒にござりまする。いきさつは聞きました。お腹だちではござりましょうが、刃傷《にんじよう》となればご家名にかかわりまする。江戸には強請たかりをいたす武士の恥さらしどもがおりまする」

浪人が怒鳴った。

「なにを申す。無礼な」

覚山は、勤番侍に顔だけむけてつづけた。

「ここは拙者におまかせいただき、おひきとり願えませぬか」

ひとりがこたえた。

「ご丁寧におそれいりまする」

四名が、顔を見あわせてほっとしたようすでうなずきあい、刀を鞘《さや》におさめた。

ひとりが言った。

「ご貴殿にはお名のりいただきましたが、それがしどもはお許し願いまする」

「むろんにござりまする」

四名が一揖《いちゆう》して堀留のほうへ去った。

覚山は、ゆっくりと浪人三名に躰をむけた。

「どうしても刀がふるいたいのであれば、おあいていたす。ただし、命まではとらぬが容赦はせぬ。ふたたび刀が抜けぬ覚悟があるならかかってまいれ」

腰にしているは、刀身二尺二寸五分（約六七・五センチメートル）の近江《おうみ》だ。鯉口《こいぐち》を握り、ひとりずつ睨みつける。

ひとりが言った。

「い、いや、貴殿と刀をまじえるいわれはござらぬ。ごめん」

刀を鞘にもどした三名が、猪ノ口橋のほうへ去っていった。

軒したにいた芸者と若い衆がすすみでた。ふたりが低頭し、なおった芸者が言った。

「先生、ありがとうございます」

覚山は、あいまいにうなずき、長吉をうながした。

三

晩冬十二月になった。

朝、いつもの刻限にいつものけたたましさが庭のくぐり戸をあけた。

「おはようございやす。松吉でやす。おじゃまさせていただきやす」

よねが縁側の障子をあけた。

松吉がにこやかな顔をみせた。

「およねさん、今朝はまたいちだんと若く見えやす」

「ありがとね。おあがりなさい」

足袋の埃をはらった松吉が、濡れ縁からはいってきて障子をしめ、膝をおった。

「先生《せんせえ》、昨日《きのう》のこと聞きやした。めえはいばりくさって肩で風きってた痩浪人どもが、先生《せんせえ》に睨まれたら、尻尾をまいて逃げてったそうで。ざまあみろってんだ」

厨の板戸があけられ、廊下でたきが声をかけた。

松吉がはやくも首をのばす。

襖があいた。

「おたぁきちゃぁぁぁん」

はいってきたたきが、松吉のまえに茶托と茶碗をおいた。

「いつもすまねえな。おたきちゃんが淹《い》れてくれたお茶はほかとはくらべものにならねえくれえ旨《うめ》え。ほんとうだぞ、酔っぱらっちまいそうになるくれえだ。ほんとうは毎日《めえにち》でも会いにきてえんだが、朝っぱらから船にのりたがる野暮がいやがる」

よねがするどい声をだした。

「松吉ッ、なんてことを言うのさ。お客あってこその客商売だろう」

神妙な表情になった松吉がよねに頭をさげた。

「おっしゃるとおりで。言いすぎやした。勘弁しておくんなさい」

たきが盆をもって居間をでていった。

「先生《せんせえ》、あっしらが友助のことを気にしてるかうかもしれやせんだ、ここんとこ、塩問屋の寄合の話をあんまし聞きやせん。毎日《めえにち》のようにきてたのがぷっつりってこともありやすし、たまたまかもしれやせんが」

「師走《しわす》になれば、挨拶や顔合せがある。そのためにひかえておったやもしれぬし、あるいは誰か、たとえば住吉屋が入堀通りではなく蓬萊橋あたりでと言えばそうなるのではないか」

「へい。おっしゃるとおりで。それはそうと、昨夜《ゆうべ》縄暖簾で聞いたんでやすが、万松亭の若旦那が地廻りふたりをかるくあしらってたそうでやす。そういやあ、めえはほっそりしててなんかたよりなさそうでやしたが、このごろはそうでもねえそうで。たしか、十七か、十八くれえだったと思いやすんで、躰つきもかわってくる年ごろではありやすが」

「長吉は、わしのところで、毎朝、剣の修行をしておる」

「そうなんで。どうりで。ですが、なんでまた万松亭の若旦那が剣の修行を」

「おのれに自信がもちたいゆえと申しておった。熱心に修行しておる」

「あっしも、剣を習えば強くなれやすかい」

「おまえにはむりだ」

松吉が口をとがらす。

「なんででやす」

「毎朝、無駄口をたたかず、黙って、木刀をわしがよしと言うまで振るいつづけることができるか」

「先生《せんせえ》、毎朝はなんとかなるかもしれやせん。ですが、黙ってというのがあっしにできるかどうか。剣のほうは若旦那にまかせることにしやす。なにか耳にしたら、また話にめえりやす。……およねさん、馳走《ごち》になりやした」

松吉が去り、庭のくぐり戸がしめられた。

覚山はよねに顔をむけた。

「松吉が申しておった塩問屋の話、どう思う」

「先生がおっしゃってたように、寄合の誰かがほかにしようと言えばそうなると思います。友助に辛《つら》くあたってる。それが噂になっているのではないかと気にしているのでしたら、住吉屋は柳橋へは行かないでしょうから、薬研堀《やげんぼり》にしてるかもしれません。薬研堀でも、袖《そで》にされた噂は知っているでしょうが、お客がもどってくるならよろこんでむかえます」

「ふむ。そうであろうな。客は見世をえらべるが、見世は客をえらべぬ、か」

「あい」

よねが、松吉の茶碗をもって厨へいった。

覚山は、腕をくみ、思いどおりにいかず、ついには人を殺《あや》めてしまった住吉屋宗兵衛の焦りを考えた。

不安をかかえ、息をころしているであろう。はたして柴田喜平次はなにか証をつかめるであろうか。

なにごともなく数日がすぎた。

五日の昼まえ、三吉がきた。夕七ツ（三時二十分）すぎに笹竹にきてほしいとのことであった。覚山は承知してよねに告げた。

夕七ツの鐘は、三度の捨て鐘のあとで七回撞《つ》かれる。

鐘の音《ね》が遠ざかり、覚山はよねにてつだってもらってきがえた。

羽織袴《はおりはかま》の腰に大小と八角棒をさし、懐には小田原提灯《おだわらぢょうちん》。

師走になって大通りをゆきかう者はせわしなく、夕陽もいそいでいた。

笹竹の暖簾をわけて腰高障子をあけると、女将のきよが笑顔でむかえ、奥の六畳間にいる柴田喜平次もほほえんだ。

覚山は、喜平次に一礼して、腰の刀と八角棒を手にし、六畳間にあがって壁を背にした。

きよが食膳をもってきて、酌をした。

障子がしめられ、喜平次が言った。

「いくつかさらにわかったことがある。まずは、腹がたつがどうしようもねえことからだ。住吉屋宗兵衛ときちが行ってた亀戸天神《かめいどてんじん》の出合茶屋だが、あらためてあたらせた。すると、七月ごろに吉次郎とおぼしき者が十手をみせびらかしておどし、ふたりのことを聞きだしたらしい。なんで黙ってたって問いつめたら、ふたりのことだけで、ほかに訊きにきた者《もん》がいないかおたずねではなかったからだとこたえたそうだ」

腹だたしいがそのとおりで、たしかめなかったのはこっちの落度である。

さらに、日付ははっきりしないが、十八日ごろの暮六ツ（五時）すぎ、日本堤《にほんづつみ》から吉原の大門《おおもん》へくだっていく五尺七寸（約一七一センチメートル）くらいのがっちりした躰つきの商人を駕籠舁《かき》が見ている。だが、薄暗くなりはじめていたし、顔までは憶えていなかった。

たぶん翌朝だろうが、明六ツ（七時）の鐘で大門があけられるとすぐにでてきた商人が、両国橋西広小路のたもとまで辻駕籠にのっている。やはり身の丈五尺七寸くらい。だが、おなじく顔は憶えていなかった。

両国橋の辻駕籠をあたらせているが、宗兵衛らしき商人をのせたのはまだ見つかっていない。

「……宗兵衛と吉次郎がどこで会ってたかもわかった。吉次郎はたしかにぬかりがねえ」

両国橋西広小路は、たもとから薬研堀にかけて床《とこ》見世や据《すえ》見世、屋台がところせましとならんでいる。

床見世はおおきなところだと、柱を組み、板屋根がある。据見世は屋台をおおきくしたもので、担がずにその場に据えおいている。場所取りなどでいざこざがおきないようにしているのが、縄張にしている地廻りだ。

川岸のたもとから三軒めに屋根つきの甘酒屋がある。団子も売っているので女客が多い。

七月末から八月はじめにかけてのある日、緋毛氈《ひもうせん》を敷いた腰掛台の隅にいる吉次郎に、顔見知りの十手持ちが気づいた。

小腹がすいたので、二八蕎麦《にはちそば》を食べようと屋台によると、斜めまえの甘酒屋にいる吉次郎の横顔が見えた。

吉次郎は甘酒を飲んだり団子を食ったりするがらではない。すぐに、もう片隅に腰かけている躰つきのよい商人に眼がいった。

捕物がらみである。十手持ちは見るのをやめ、蕎麦を食べて去った。

「……吉次郎は十手持ちだ。評判はよくねえ。それでも、なんで殺されたんか、ほかの十手持ちは気にしてる。恨みなら身におぼえがあるからな。で、こっちの手先が小粒（豆板銀）をちらつかせながら訊《き》くと、知ってることをしゃべったってわけよ。もっとも、殺され、やった奴がいまだにわからねえからだがな。吉次郎が生きてたんなら、奴らも口をつぐんだだろうよ」

十手持ちをたどっていくと、たまに吉次郎が飲むあいてが見つかった。

喜平次は、思案し、手先ではなく、案内人の助造《すけぞう》について調べに板橋宿《いたばしじゅく》へやった年季のはいった十手持ちを行かせた。

吉次郎は十手持ちのうちでも評判のよいほうではない。それでも、殺されたとなればべつだ。

二月か三月に会ったおりは、昔のようには稼げなくなったとたがいに愚痴のほうがおおかった。いつもはこっちから声をかけるのだが、七月になったばかりのころだったと思うがめずらしく吉次郎にさそわれた。

会って飲みはじめのころはやはり昔話や愚痴だったが、吉次郎がいつまでも十手持ちじゃあるめえとこぼした。

――それはわかってる。おたげえに歳とっちまったからな。追っかけてこいといわんばかりに、こばかにして逃げやがる。

――ああ。探索ならまだ若《わけ》えのに負けねえがな。歳には勝てねえ。

――どうしたい。ずいぶん弱気じゃねえか。

――いつまでも小銭のために駆けずりまわることはできねえからな、どうにかしてまとまった金子《ぜに》を手にいれ、根岸《ねぎし》か浅草はずれあたりに百姓家を借り、若え女《わけ》を妾にしてのんびり暮らしてえもんだな。

——あてはあるのかい。

——いや。いろいろ考《かんげ》えてはいる。わかってるのは、火盗改の手先じゃあこのさきもどうにもならねえってことよ。

——そうだな。

「……そんな話をして別れたそうだ。それっきり吉次郎には会ってねえらしい。だから、殺されたのも、やばいことに首をつっこんだからじゃねえかって言ってたそうだ」

覚山は、喜平次を見た。

喜平次が言った。

「気になることがあるんなら、遠慮しねえでくんな」

「ただいまのお話からさっするに、しまと信兵衛殺しは住吉屋宗兵衛からではなく、吉次郎のほうからもちかけたのではありますまいか」

「かもしれねえ。だが、もちかけてことわられたらどうする」

覚山は眼をみひらいた。

「ですが……」

　喜平次がさえぎった。

「わかってる。しまと信兵衛は殺されてる。殺《や》ったんは吉次郎だ、こいつはまちげえねえ。だが、もちかけ、宗兵衛がうなずくかとなると、もうひとつはっきりしねえ」

「吉次郎が、おのが思惑《おもわく》でしまと信兵衛を殺したとします。宗兵衛にたのんだおぼえはないと言われればそれまでではございますまいか」

　喜平次がうなずく。

「そこよ。宗兵衛にも弱みがある。吉次郎がどれほどの腕利きであっても、舞袖から海辺新田にたどれたはずがねえ」

「両国橋の甘酒床見世」

「ああ。ふたりがどうやってつなぎをつけていたかはまだつかめてねえ。が、両国橋の床見世で会ってたのはわかってる。こいつは十手持ち仲間に見られてるからたしかだ。そこで、宗兵衛が海辺新田をじかにださねえまでも、なんかを調べるようたのんだ。宗兵衛は、吉次郎をあまくみていた。吉次郎は、宗兵衛のたのみからそのうらを調べあげた。つまり、それが宗兵衛の弱みよ。言わなけりゃあ、吉次郎は知らなかったし、殺しもなかった」

「い、しまと信兵衛の一件、柴田どのは殺しかどうかお迷いでした。宗兵衛弟の恵比寿屋信左衛門が信兵衛の生家《さと》へ報せてくれと言わずに、ただちに兄のもとへ相談に行っていたなら、ことは吉次郎の思惑どおりにはこんだかもしれなかった」

喜平次が顎をひいた。

「殺しというはっきりしたものがでなけりゃあ、相対死か信兵衛の色狂いで落着したろうよ。葬儀で揉めだし、財産のことがうかんだんで待てよと思った。たぶん、きちがらみで安次はしまと信兵衛の件に気づいた。それを知った吉次郎は、安次を呼びだし、案内人《あんねえにん》のしわざにみせかけた。てめえがうたがわれねえためにな。おかげで、こっちはずいぶんと遠まわりをさせられちまった。それとな、昨日《きのう》、友助に会いにいった」

まをおき、覚山は訊いた。

「いかがでした」

「すこしやつれていた。顔にも翳りがあった。顔を見たとたん、迷ったがな。住まいは藁葺《わらぶ》きの平屋で、友助がこまめに掃除してるんだろうな、庭にまわって客間の濡れ縁に腰かけて話したんだが埃ひとつなかった」

喜平次が肩で息をした。

茶をおもちしますと言うのを、喜平次はすぐにすむからと沓脱石にあがって濡れ縁に腰かけた。

敷居から一歩半ほどのところに友助が膝をおった。

――ちょいとほかのことを調べてて、そのついでなんだが、先月の十八日、いやその前後でかまわねえ、旦那の住吉屋宗兵衛がここに泊まったか知りてえんだ。

友助がうつむいた。そして、ちいさな声でこたえた。

――はい、お泊まりでした。夕方、お見えになり、翌朝の明六ツ（七時）の鐘が鳴りおわるまえに迎えの屋根船でお帰りになられました。

――そうかい。わかった。すまなかったな。

「……ふつうなら、すこし考《かんげ》えるもんだ。宗兵衛はよくかよってきてる。先月の十八日がどうだったか、なんですぐにこたえられたんだ。そうこたえるように言われていたからだ」

「友助はどうするでしょうか。柴田どのがきていたことを宗兵衛に話すでしょうか」

「おめえさんはどう思う」

覚山は首をふった。

「わかりかねまする。柴田どのがきていたのを話さねば、旦那の宗兵衛に隠しごとをしたことになりまする」

喜平次がうなずく。

「このままじゃあ埒《らち》があかねえ。たぶん、友助は宗兵衛に話す。宗兵衛は根掘り葉掘りたしかめる。おいらが、友助のところまで行った。そして十八日について訊いた。宗兵衛はどうでるかな。今日から、手先を住吉屋にはりつかせてる。宗兵衛が友助のところに行くようであれば、ただちに報せがある。賭《かけ》だがな。もういいぜ」

「失礼いたしまする」

覚山は、刀と八角棒を手にした。

冬の夕暮れが参道をおおいつつあった。

四

翌々日の七日、朝餉をおえてくつろぎ、そろそろ湯屋へというじぶんに、戸口の格子戸がらんぼうにひかれた。

「おいらだ」

柴田喜平次である。

覚山は、あわてて戸口へ行った。

喜平次ひとりであった。けわしい顔をしていた。

「すまねえが、つきあってもらいてえんだ」

「どういうことにござりましょう」

「友助が自害《じげえ》したとの報せがあった」

首から顎にかけて鳥肌だつ。

「すぐにしたくいたしまする」

小袖を手にしたよねも表情が蒼《あお》ざめていた。布子を脱いで小袖をきて、袴をはき、羽織に腕をとおす。腰には大小のみ。

いそぎ戸口へ行き、かるく低頭した。

「お待たせいたしました」

「行こうか」

ふり返った喜平次が敷居をまたいだ。覚山はつづき、格子戸をうしろ手にしめた。

万松亭の北隣の料理茶屋菊川わきから入堀通りへでる。かどの船宿有川《ありかわ》のまえに、弥助と手先らがいる。

喜平次が猪ノ口橋をわたる。

弥助と手先六名がよってきて低頭する。
喜平次が、手先らに顔をむけた。
「おめえらは手はずどおりだ。ぬかるなよ」
「へい」
六名が門前山本町入堀通りを大通りのほうへ去っていった。
喜平次が首をめぐらした。
「行こうか」
桟橋の屋根船には松吉がいた。
覚山は、喜平次につづいて石段をおりた。わきをいそぎ足でおりた弥助が、舳から
のり、障子をあけて片膝をついた。
喜平次が雪駄をぬいで座敷にはいる。覚山も草履をぬいだ。
弥助が障子をしめ、艫にまわった。
艫から座敷にはいった弥助が隅で膝をおる。
松吉が棹をつかい、屋根船が桟橋をはなれた。
喜平次は、けわしい表情のまま腕をくみ、眼をとじている。
まんなかに素焼きの火鉢がおかれ、座敷は暖まりつつあった。

覚山は訊いた。

「船縁の障子をすこしあけてもよろしいでしょうか」

喜平次が眼をとじたままで顎をひいた。

覚山は、舳のほうへ膝をめぐらして船縁の障子を一尺（約三〇センチメートル）ほどあけた。

川面《かわも》に眼をやる。

友助が自害。聞いたときは愕然《がくぜん》とした。しかし、脳裡《のうり》にその懸念があったような気もする。喜平次のために、それを認めたくなかった。

定町廻りの問いに嘘をついた。友助が待乳山聖天宮の吉次郎殺しを知っていたとは思えない。町奉行所役人の問いに嘘をつく。むろん旦那の住吉屋宗兵衛に命じられたからだ。旦那への義理と嘘。その板挟み。

みずからもお縄になるかもしれない。

女はふとしたはずみで死をえらぶ。喜平次はそう語っていた。であるがゆえに、海辺新田の三人には慎重であった。

覚山は、鼻孔から息をもらした。

屋根船が永代寺うらの十五間川から二十間川にでた。北へすすみ、東へ舳をむけ、木場のよこを行く。

横川にはいる。

八町（約八七二メートル）余さきで、横川は小名木川と十文字にまじわる。

松吉が、東へ舳をめぐらして小名木川にはいった。

しばらく行った左舷に、九鬼《くき》家の古松《こしょう》の名木がある。だが、左舷には喜平次がいる。

横川から十町（約一・一キロメートル）たらずで、屋根船が南へおれ、一町（約一〇九メートル）余の桟橋によこづけされた。

喜平次が腕組みをといた。

艫からまわってきた弥助が障子をあける。

喜平次が雪駄をはいて舳にでる。覚山はつづいた。

百姓が、横木のある踏み板から桟橋におりてきた。

両手を膝にあて、低頭する。

「お役人さま、嬶《かかあ》は気分がわるいと寝こんじまいやした。どうかお許し願《ねげ》えやす」

「かまわねえ。案内《あんねえ》してくんな」

喜平次が艫へ顔をむけた。

「おめえはくるんじゃねえぞ。夜眠れなくなる」

正面に瀟洒《しょうしゃ》な藁葺きの平屋があった。半町（約五四・五メートル）ほどはなれて、百姓家と納屋がある。

川の両岸に百姓家が点在し、あとは田圃であった。

百姓家は囲いがないが、友助の住まいは腰高の竹垣があった。敷地は百坪くらいであろう。

さきになった百姓が、枝折戸《しおりど》をあけ、なかにはいってわきによった。

三人がなかにはいると、百姓が言った。

「お役人さま、こっちでございやす」

戸口は川のある西にむいている。雨戸がしめられていた。百姓がうらへまわる。

右手で水口《みずぐち》をしめした。

「このとおり雨戸がしめられておりやす。南には居間と寝所がございやす。こっちでやす」

百姓が南へまわる。

奥の寝所の雨戸だけが、はんぶんほどあけられていた。障子もあいている。

百姓が言った。

「雨戸は嬶があけたんじゃありやせん。あいてたそうでやす。それで、障子をあけたら……」

百姓が顔をゆがめる。

喜平次が訊いた。

「おめえも見たのか」

「へい。ちらっとでやす」

「なかにへえってねえな」

「とんでもございやせん。嬶が蒼い顔で駆けもどってきたんで、ほんとかたしかめ、すぐに舟で自身番へ報せやした」

「わかった。ごくろうだったな。もういいぜ。なんかあったら呼ぶ」

「へい」

ふかぶかと腰をおった百姓が去っていった。

喜平次が、沓脱石から濡れ縁にあがり、寝所にはいった。

「弥助」

「へい」

「雨戸をあけな」

弥助が雨戸をひき、喜平次が障子を左右にひらいた。

「先生《せんせえ》、かまわねえんならおめえさんもあがってきてくれ」

覚山はうなずき、寝所にはいった。

こもっている血の臭いが鼻をついた。

布団が敷かれ、白い寝間着姿の友助が仰向けによこたわっていた。裾《すそ》が乱れないように足首を扱《しご》き帯でむすび、左右にたらした両手首のまわりは血の海であった。左手首のちかくに剃刀《かみそり》があった。

眼をとじ、顔は白かった。

喜平次が言った。

「見てくんな」

右肩うえの畳に半紙がおかれてあった。覚山は、喜平次のよこに片膝をついた。

〝もうしわけございません〟

喜平次が立ちあがった。

「自害《じげえ》でまちげえねえな」

覚山は黙っていた。

「弥助、雨戸の閂《かんぬき》をたしかめてからあけな。厨の水口もな」

た。

「わかりやした」

弥助があかるくしたあと、喜平次が家のなかを見てまわった。覚山はついていった。

家のなかはどこも綺麗にかたづけられていた。友助の人柄か、あるいはそれほど住吉屋宗兵衛におびえて暮らしていたのであろうか。

喜平次が、寝所の沓脱石からおり、西にまわって濡れ縁に腰かけた。腰高の竹垣があって径《みち》があり、川がある。

「おめえらもすわってくんな」

覚山は、すこしあいだをおいて腰をおろした。はなれたところに弥助も腰かける。

喜平次が言った。

「有川に手先が六名いたろう。四名《めえ》が住吉屋の周辺につき、ひとりが宗兵衛に報せる。おいらがさきに行ってるからすぐにくるようにとな。のこりひとりはつなぎ役だ。宗兵衛が逃げだすなら、猪牙舟《ちょきぶね》をつかまえて報せにくる。そうでねえんなら、見失わねえようにここまで尾《つ》けてくる。やがてやってくるはずだ、待っててくんな」

陽射しがあり、そよ風がふいた。冬とは思えない暖かさであった。

喜平次はなにも言わなかった。その心中を思い、さらにおのれはなにゆえつきあわされたのかも判然とせぬので、覚山は口をとじていた。

しばらくして、小名木川から屋根船がまがってきた。ちかづくのを待ち、喜平次が腰をあげた。

覚山はいぶかしく思った。ほんらいであれば、住吉屋宗兵衛がやってくるのを待ってしかるべきである。

なにか意図がありそうであった。

喜平次と弥助が桟橋におりていく。

覚山は径《みち》でひかえた。

松吉が屋根船をまえへすすめ、やってきた屋根船がよこづけされた。

舳の障子があき、住吉屋宗兵衛が姿を見せた。覚山は、はじめてである。なるほど、商人にしては大柄だった。

喜平次がおだやかな声をだした。

「朝っぱらからすまなかったな」

宗兵衛が、低頭する。

おびえ、警戒するけはいがある。

「いいえ。手前こそ、ご迷惑をおかけし、申しわけございません」

宗兵衛が桟橋におりた。

喜平次が、艫の船頭に声をかけた。

「おめえはもういいぜ。住吉屋はおいらが送ってく」

宗兵衛が口をひらくまえに、喜平次は背をむけて、踏み板から径にあがってきた。

弥助がつづき、宗兵衛がついてくる。宗兵衛がのってきた屋根船の船頭が、棹をつかって桟橋をうしろへはなれていく。

覚山は、さきになり、枝折戸をあけて、よこによった。とおりすぎる宗兵衛が、いぶかしげな表情から得心した表情になった。おそらくは、町医者だと思われたのであろう。

喜平次が、寝所のまえへ行き、沓脱石からあがった。

ふり返る。

「いちおうたしかめてくんな」

「かしこまりました」

亡骸をたしかめるために呼ばれた。宗兵衛はいくらか安堵したようであった。

草履をぬいで濡れ縁から寝所にはいり、息をのんだ。懐《ふところ》から手拭《てぬぐい》をだし、口をおさえる。

喜平次が訊いた。

「友助でまちげえねえかい」

「は、はい。まちがいございません」

「こっちきて、これを見てくんな。……もうしわけございません、とある。こころあたりは」

「いいえ」

「ここんとこ、悩んでるふうではなかったかい」

「手前は気づきませんでした」

「そうかい。ところで、通夜や葬儀はどうする。おめえがするかい。それとも、おいらのほうで置屋の三好屋《みよし》へ言い、実家《さと》に報せるようにしてもいいぜ」

「それでお願いいたします」

「わかったっ。めんどうをかけたな、行こうか」

喜平次と宗兵衛が寝所からでてきた。

庭を五名の手先がまわってきた。

喜平次が言った。

「おめえらはここのあとしまつだ。戸板に亡骸《ほとけ》をのせ、そこの百姓に荷舟をだしてもらって自身番へはこびな。あとはここの戸締りだ」

「わかりやした」

宗兵衛はすっかり安心しきっていた。

枝折戸をあけて径へでると、松吉が屋根船の舳をめぐらしてよこづけしていた。

喜平次が踏み板をおりていく。つぎに宗兵衛。もうしわけなさそうに辞儀をした弥助。覚山は、やはり径で立ちどまった。

艫にのった喜平次に、松吉が驚きの眼をむける。

気づかぬ宗兵衛がつづく。

いきなりだった。宗兵衛の襟首《えりくび》と右腕をつかんだ喜平次が、川へ投げとばした。

ざぶん。

頭から水に突っこんだ宗兵衛が、顔をあげ、両手をばしゃばしゃさせる。

「な、なにをなさいます」

「おいらにも堪忍袋《かんにんぶくろ》ってもんがある。おめえは勘弁ならねえ」

「て、手前は泳げません」

「松吉、おぼれねえように棹をつかましてやんな」

「へい」

松吉がさしだした棹をつかみ、宗兵衛がひっぱった。松吉が棹をまわして奪いとり、宗兵衛の頭を叩いた。

「この野郎。八丁堀の旦那はおぼれねえようにしろっておっしゃった。てめえを助けろとはおっしゃってねえ、この野郎」

また棹で頭を叩く。

「痛い。お、お助けを」

「ほら、つかめえるだけだぞ」

両手をばたつかせていた宗兵衛が、両手で棹をつかんだ。

「ご、ご無体な」

「おいらがなにをした。おめえが足をすべらして川におちた。船頭も、そこで見てる先生《せんせえ》もそう話す。でえいち、なんでおいらがおめえといっしょに艫からのるんだ。さて、話してもらおうか。先月の十八日、待乳山聖天宮で吉次郎を出刃庖丁で刺し殺したはおめえだな」

「ぞんじません。て、てまえは、その日は夕刻から翌朝までここにおりました」

「友助もそう言ってたよ」

「そのとおりだからにございます」

「冬の川は冷てえ。きてるもんも躰にはりつき、重てえだろう。いまはそうやって棹をにぎってられるがな、しでえに手がしびれ、にぎれなくなる。あの世で、おめえこそ、友助に申しわけなかったって詫びるんだな」

喜平次が、顔をむけててまねきした。

覚山は、径から踏み板をおりて艫にのった。

「そういうことよ。松吉だけじゃよわいんでな。つきあってもらった。すまなかったな」

「いいえ」

「座敷にへえっててくんな」

覚山は、うなずき、障子をあけて座敷にはいった。

すこしして、水の音がした。宗兵衛が沈みかけたようであった。

松吉が言った。

「この野郎。ひっぱるなって言ったろ。棹をとりあげるぞ」

「ご勘弁を。お役人さま、申しあげます、申しあげます」

「ほんとうだな」

「は、はい」

松吉がしかたなさそうに棹をひく。

「弥助」

桟橋から艫にあがった弥助と喜平次で宗兵衛の両腕をつかみ、船にひきあげた。

宗兵衛が全身で震えだす。

「弥助」

「へい」

「こいつのきるもんをみつくろってきな」

歯が鳴るほどの震えようであった。

いそぎ足で家に行った弥助が、ほどなく両手できるものをかかえてきた。

艫の板に投げだす。

宗兵衛が、帯をとき、布子をぬぎ、肌襦袢《はだじゅばん》もぬいで下帯一本になる。いっそう全身が震え、腕も震えた。

肌襦袢を手にして濡れた体をぬぐう。布子に腕をとおして下帯をはずした。帯をむすび、褞袍《どてら》をきた。

躰をふいた肌襦袢と濡れたものをまとめてわきへよせ、膝をおる。

しだいに震えがおさまった。

喜平次がうながした。

「あらかじめことわっておくが、いいかげんなことをぬかしやがったら、また川へほうりこむ。おめえが友助に辛くあたり、友助は泣いてた。おいらだけじゃねえ、この船頭も、入堀通りのかいわいの者《もん》はみな知ってる。だから、友助への供養だ、こんどは助けねえ。わかったか」

「は、はい」

「あらためて訊く。山谷の聖天宮本社《ほんやしろ》うらで、吉次郎を出刃庖丁で刺し殺したんはおめえだな」

宗兵衛がうなずく。

「おどされ、やむをえませんでした」

「聖天宮で会うことにしたんもおめえだな」

「そのとおりにございます。吉次郎はいつものところでと申しておりましたが、手前が人がおおすぎるし、知ってる者にみられかねないとことわりました」

「両国橋西広小路の甘酒屋だな」

宗兵衛が、はじかれたように顔をあげた。

「あそこでいくたび会った」

「四度《よたび》にございます。町内の鳶の頭に調べものをたのんだことがございます」

「舞袖の件だな」

わずかなまがあった。

「さようにございます」

「それで」

「てぎわよく調べてくれたので、頭に誰にたのんだかたずねました。で、名と住まいとを教えてもらいました」

「つなぎはどうした」

「信用のおける手代がひとりおります。その者を使いにたてました」

「それではじめて甘酒屋で会ったわけだな」

「さようにございます」

「なにをたのんだ」

「横川の元加賀町《もとかがちよう》あたりで妾に一軒家を貸すとしたら相場はいかほどか、また畑を借りるには坪いくらかといったことでございます」

「おめえ、この春、隅田堤の花見はひとりで行ったのか」

ふたたびまがあった。

「ひとりでまいりました。舞袖のことがあり、気晴らしでした」

「そこできちにばったり会い、亀戸天神の出合茶屋へさそった。いくたび行ったかもわかってる。きちから聞いたんなら、なにも吉次郎にたのむことはあるまい」

宗兵衛が肩をおとした。

なにもかもすっかり調べられている。いよいよ観念したようであった。

「店賃を安くしてもらっていることと、相応の貯えがあるらしいというのは聞きました。だからといって、店賃がいくらかとは訊けません。それでは手前に払う気があるのかとなってしまいます。おきちとはなつかしさもありましたが、はじめからほんのしばらくのつもりでした」

「肝腎《かんじん》なことだ。信兵衛殺しはおめえがたのんだのか」

宗兵衛が顔色をかえた。

「とんでもございません。吉次郎がかってにやったことにございます。手前が店賃のことをたのんだばっかりに、海辺新田の地所や両替屋にかなりの貯えがあるらしいのを調べたのだと思います。誓って申します、手前がたのんだのではございません、すべて吉次郎がやったことにございます」

「おめえや弟の恵比寿屋信左衛門は、両替屋にある金子のことは知らなかったし、地所も大江屋のものだと思っていた。そうだな」

「さようにございます」

「で、きちから店賃のことを聞き、おめえは、地所は信兵衛のものになってるんじゃねえかって考《かんげ》えたわけだ。しかも、両替屋には食うにこまらねえだけの貯えがある。どれくれえあると思った」

「大江屋さんにございます。すくなくとも千両はくだるまいと思いました」

「信兵衛は歳だ。ゆききがなくなってるとはいえ……」

「申しわけございません。まったく疎遠になっていたわけではございません。世間体もございます、弟に申し、盆と正月の挨拶には行かせておりました」

「そうかい。友助のことだが、なんで落籍《みうけ》をあせった」

「ほかにもそれらしきことをにおわすかたがひとりではなくおられました。みなさん、口にこそしませんが、舞袖とのことを知っておられます。それで、手前も意地になり、むりをしてしまいました」

「ここでむりをしても、いずれ信兵衛の財産で埋めあわせできる」

「愚かにございました。いまも申しあげましたが、舞袖のことがありますので、いささかむりをしてでもみなさんを見返してやろうと思ったしだいにございます」

「吉次郎が、しまと信兵衛を殺したと話したんはいつだ」

「報せがあった翌々日にございます。朝、使いが文をもってまいりました。だいじな話があるので昼九ツ半（秋分時間、一時）に両国橋西広小路の甘酒屋〝かつら〟で待つ、とありました。いきなり呼びだされて迷惑に思いましたが、だいじな話とありましたのでまいることにいたしました。すると、いきなり、信兵衛としまを殺したと申しました。手前はあっけにとられました」

まるで世間話でもするかののような口ぶりだった。

なにを言われたのかようやくわかると、吉次郎が言った。

――これで、信兵衛が遺《のこ》したもんは、恵比寿屋のもんになる。

――どうしてそれを。

吉次郎が鼻で嗤《わら》った。

――三日後のおなじ刻限にここで二十両。いやとは言わせねえ。いざとなれば、おめえにたのまれてやったって言うぜ。

宗兵衛がすがるような眼を喜平次にむけた。

「お役人さま、嘘偽《うそいつわ》りではございません。手前はおどされたのでございます」

「で、二十両はらったわけか」

「やむをえませんでした。ほかにどうすることができましょう」

「二十両でかたがつくと思ったかい」

宗兵衛が首をふった。

「味をしめるにきまっております。このままでは吉次郎が生きているかぎり強請られます。悩み、迷いました。これも、手前がつまらぬことを調べるようたのんだからにございます。手前のふしまつは手前でどうにかするしかありません」

「吉次郎からまた文がとどいた」

宗兵衛がうなずく。

「先月の十五日にございました。甘酒屋で会い、おなじく三日後に三十両と言われました。どうするか、考えておりました」

暮六ツ（五時）まえに待乳山聖天宮の本社うらに行くと、吉次郎が待っていた。右手をだし、はやくよこしなという。ためらうふりをしていると、ちかよってきた。そこで、懐に手をいれ、出刃庖丁をだして刺した。

夢中であった。そのあとのことはよく憶えていない。とにかく、考えていたとおりに、聖天宮の裏門から通りにでて吉原へ行った。

喜平次が訊いた。

「安次はどうだ」

宗兵衛が怪《け》訝《げん》な顔になる。

「なんのことにございましょう」

「きちとつな殺しはどうだ」

「吉次郎がしわざと思います。ですが、きちはわかります。なにゆえもうひとりも」

「用心だろうよ。きちがなにか話してるかもしれねえ。それにきちだけなら、こっちがきちの周辺をさぐる。吉次郎の奴は御番所のやりかたを知ってるからな」

「お役人さま、手前は吉次郎におどされ、やむをえず殺めたしだいにございます」

「おめえ、二十両はらったんだろう。なんでそのとき、御番所におそれながらと訴えでなかった」

宗兵衛がうつむく。

「覚悟するんだな。……松吉」

「へい」

「だしな」

「へい」

喜平次が、雪駄をぬぎすて、座敷にはいってきて、そのまま舳の障子をあけてでていった。
松吉が棹から艪にかえた。
ほどなく屋根船が小名木川へおれた。
喜平次がつぶやいた。
「おめえをお縄にする気はなかった。……くそっ」
顔を空へむけた。
川は流れる。すべてを海へ流していく。

あとがき

〝おなき〟と〝おなぎ〟

私は、沖縄島の名護《なご》市にある東江小学校をでた。〝東江〟は〝ひがしえ〟ではなく〝あがりえ〟と読む。陽が昇る方角ゆえ〝東《あがり》〟なのである。陽が沈む方角には西表《いりおもて》島がある。

東風は〝こち〟で、南風は〝はえ〟。「東風吹かばにほひおこせよ梅の花　主《あるじ》なしとて春を忘るな」(菅原道真《すがわらのみちざね》、『拾遺《しゅうい》和歌集』)。太宰《だざい》府へ左遷《させん》される道真の哀感がつたわる。

那覇《なは》市のちかくに〝東風平《こちんだ》〟や〝南風原《はえばる》〟との地名がある。

言語をふくむ文化は、都《みやこ》から離れるほどに古い形態をとどめているという。

中国は椅子だが、沖縄は床に座する。出版社に勤務していた三十代すぐのころ、小説家の供で中国を二週間ほど旅する機会をえた。そのおりに知ったのだが、かの地の米の炊《た》きかたは日本とはちがう。水をおおめにいれて炊き、うえは掬《すく》って粥《かゆ》にし、のこりを蒸す。したがって、白米はぱさぱさしていて不味《まず》かった。

言葉と住居と食。衣もそうである。〝琉球《りゆうきゆう》王朝〟との呼称や、唐風《から》を強要した薩摩《さつま》の琉球支配にまどわされてはならない。沖縄は大和《やまと》文化圏に属すると、私は考えている。

さて、「木枯らし紋次郎《もんじろう》」という一世《いつせい》を風靡《ふうび》した人気テレビドラマがあった。上記の中国旅行は、原作者である笹沢左保《ささざわさほ》氏の供としてであった。

〝……上州新田郡三日月村……〟はドラマ冒頭のナレーションである。〝新田郡〟は〝にったごおり〟とながれる。時代設定は天保《てんぽう》期（一八三〇〜四四）あたりであろうから、これでまちがいではない。

しかし、もともとは〝にったのこおり〟であったはずだ。菅原道真（すがわらのみちざね）、平清盛（たいらのきよもり）、源頼朝（みなもとのよりとも）。姓名から〝の〟がなくなるのがいつごろかはしらない。きちんとした研究がなされているような気もするが、浅学《せんがく》にして未見である。

地名からも〝の〟がなくなり、〝こおり〟が〝ごおり〟になった。清音から濁音への変化である。

〝郡〟を〝のこおり〟と読むか、〝ごおり〟と読むかは、執筆していてしばしば悩まされる。〝多摩郡〟は江戸中期あたりまでは〝たまのこおり〟であったように思うが、これとて確証があるわけではない。文献にでてくる表記を見ていて、そうではあるまいかと考えているにすぎない。

島（しま、じま）、川（かわ、がわ）。いずれも、もとは清音であったように思う。意味はすこしはずれるが、〝河岸〟は〝かわきし〟もしくは〝かわぎし〟であった。深川《ふかがわ》の漁師らが〝かし〟とちぢめて呼ぶようになり、それが呼称となった。

ついでながら、〝武蔵《むさし》〟や〝相模《さがみ》〟などの国名は、和銅《わどう》六年（七一三）に雅字二文字で表すようにとの勅令《ちょくれい》による。

宛字《あてじ》により表記がまちまちであったものを統一することで、わかりやすく明確にする。音としての漢字の利用から、応用による固有の言語表現へ。千数百年の深化と洗練。明治以降の翻訳造語の激増、昭和二十年代の現代仮名遣いから当用漢字制定等といった改革をへて現在にいたる。

明治以降の翻訳造語に、時代小説家としてどう対するか。私は〝重心〟などのように代替表現のきかないものやほかの表現が思いつかない翻訳造語は容認し、気になる言葉は『広辞苑』や『大言海』、さらには『江戸語大辞典』（講談社）、『江戸語辞典』（東京堂出版）をひもとくようこころがけている。それがために、まわりくどい表現になることがある。

日本語学には〝P音考〟との概念がある。H音（ハ行）とP音（パ行）とにかんする研究である。イルカを、首里《しゅり》方言では〝ヒィートゥ〟といい、名護方言では〝ピィートゥ〟になる。文化の中心地から遠隔地へのH音からP音への変化である。若いころの関心だが、わずかにかじったていどにすぎない。

小名木川は、〝天正《てんしょう》一八年（一五九〇）徳川家康が江戸へ入府後、行徳《ぎょうとく》（現千葉県市川市）の塩を運ぶ目的で開削したという。〟（『東京都の地名』「日本歴史地名大系13」、平凡社）

〝天正年間に小名木村に住んでいた小名木四郎兵衛に命じて船が通うように川浚いをさせた。〟（『江戸・町づくし稿』、岸井《きしい》良衛《よしえ》、青蛙房《せいあぼう》）

江戸の地名を調べるのに、もう一冊『角川日本地名大辞典　13東京都』（角川書店）も参照している。

〝小名木川〟の読みは、平凡社版も角川版も〝おなぎがわ〟である。『江戸・町づくし稿』のみが〝おなきがわ〟となっている。

岸井良衛が依拠した資料が濁点を省略したというのはじゅうぶんにありうる。それをふまえても、私は〝おなきかわ〟↓〝おなきがわ〟↓〝おなぎがわ〟と変化していったのではあるまいかと考えている。

したがって、拙著では〝おなき〟とふりがなをふっている。おなじ理由から〝鳥越〟も、〝とりごえ〟ではなく〝とりこえ〟にしている。〝亀島〟も〝かめじま〟と〝かめしま〟とがあり、清音にしている。

明治以降の翻訳造語を避けるための表現のまわりくどさともども作者のささやかなこだわりに、寛恕《かんじょ》を乞う。

本書は文庫書き下ろし作品です。

|著者|荒崎一海　1950年沖縄県生まれ。出版社勤務を経て、2005年に時代小説作家としてデビュー。著書に「闇を斬る」「宗元寺隼人密命帖」シリーズなど。たしかな考証に裏打ちされたこまやかな江戸の描写に定評がある。

小名木川《おなきがわ》　九頭竜覚山《くずりゅうかくざん》　浮世綴《うきよつづり》㈣

荒崎一海《あらさきかずみ》

講談社文庫

定価はカバーに
表示してあります

2019年9月13日第1刷発行

発行者——渡瀬昌彦
発行所——株式会社　講談社
東京都文京区音羽2-12-21　〒112-8001
電話　出版（03）5395-3510
　　　販売（03）5395-5817
　　　業務（03）5395-3615

Printed in Japan

デザイン—菊地信義
本文データ制作—講談社デジタル製作
印刷———豊国印刷株式会社
製本———株式会社国宝社

ISBN978-4-06-517083-0

講談社文庫刊行の辞

二十一世紀の到来を目睫に望みながら、われわれはいま、人類史上かつて例を見ない巨大な転換期をむかえようとしている。

世界も、日本も、激動の予兆に対する期待とおののきを内に蔵して、未知の時代に歩み入ろうとしている。このときにあたり、創業の人野間清治の「ナショナル・エデュケイター」への志を現代に甦らせようと意図して、われわれはここに古今の文芸作品はいうまでもなく、ひろく人文・社会・自然の諸科学から東西の名著を網羅する、新しい綜合文庫の発刊を決意した。

激動の転換期はまた断絶の時代である。われわれは戦後二十五年間の出版文化のありかたへの深い反省をこめて、この断絶の時代にあえて人間的な持続を求めようとする。いたずらに浮薄な商業主義のあだ花を追い求めることなく、長期にわたって良書に生命をあたえようとつとめるところにしか、今後の出版文化の真の繁栄はあり得ないと信じるからである。

同時にわれわれはこの綜合文庫の刊行を通じて、人文・社会・自然の諸科学が、結局人間の学にほかならないことを立証しようと願っている。かつて知識とは、「汝自身を知る」ことにつきていた。現代社会の瑣末な情報の氾濫のなかから、力強い知識の源泉を掘り起し、技術文明のただなかに、生きた人間の姿を復活させること。それこそわれわれの切なる希求である。

われわれは権威に盲従せず、俗流に媚びることなく、渾然一体となって日本の「草の根」をかたちづくる若く新しい世代の人々に、心をこめてこの新しい綜合文庫をおくり届けたい。それは知識の泉であるとともに感受性のふるさとであり、もっとも有機的に組織され、社会に開かれた万人のための大学をめざしている。大方の支援と協力を衷心より切望してやまない。

一九七一年七月

野間省一